KB042878

매니지
먼트의
제왕

매니지 먼트의 제왕 6

초판 1쇄 인쇄일 2017년 12월 12일 ㅣ **초판 1쇄 발행일** 2017년 12월 18일

지은이 펜쇼 ㅣ **펴낸이** 곽동현 ㅣ **담당편집 팀장** 이범수
편집부 신연제 김예리 이윤아 홍현주 김유진 조서영 임소담 정요한 김미경 박수빈

펴낸곳 (주)조은세상 ㅣ **출판등록** 제 2002-23호
주소 경기도 연천군 미산면 청정로 1355
TEL 편집부 02)587-2966 ㅣ FAX 02)587-2922
e-mail bukdu@comics21c.co.kr

펜쇼 ⓒ 2017
ISBN 979-11-6171-416-5 ㅣ ISBN 979-11-6171-198-0(set) ㅣ 값 8,000원

매니지
먼트의
제왕

6

NEO MODERN FANTASY STORY

펜쇼 현대판타지 장편소설

(주)좋은세상

펜쇼 현대판타지 장편소설

NEO MODERN FANTASY STORY

CONTENTS

펜쇼 현대판타지 장편소설

NEO MODERN FANTASY STORY

CONTENTS

1장. 다행히 아직 파티는 끝나지 않았다

긴장한 것과는 달리 정호는 두 사람에게 아무런 요구도
하지 않았다.

오히려 찾아서 다행이라는 듯 정호가 말했다.

"여기들 계셨군요. 〈신사의 품위〉 성공의 일등 공신이나
다름없는 두 분이 이런 곳에만 있다니요. 어서 가시죠. 축
하 파티가 무르익고 있습니다."

엄청난 내기 조건이 나올 것이라고 생각하며 긴장했던
차수준과 오방민은 얼떨결에 정호를 따랐다.

실제로 축하 파티는 즐거웠다.

축하할 일이 많았기 때문에 청월은 점차 세련된 파티
문화를 갖출 수 있게 되었고 기획팀은 '파티기획팀'이란

7

별명을 얻을 정도로 파티의 귀재가 되었다.

기획팀의 황 팀장이 늘 그래왔듯이 상품 행사의 약식 진행을 맡았다.

"자, 오늘의 상품을 가져갈 주인공은……."

두구두구 하는 소리를 내며 플라스틱 통에 손을 집어넣은 황 팀장이 접힌 종이표 하나를 꺼냈다.

"오! 이 사람이군요. 〈신사의 품위〉의 OST를 맡아 이번에도 어김없이 히트곡을 쏟아낸 히트곡 장인이죠. 한! 유! 현! 축하합니다!"

한유현이 부끄러워하며 상품을 받았다.

"어…… 이렇게 좋은 상품……. 근데 이게 뭐죠?"

한유현이 상품 상자를 흔들면서 소감을 말하고 있었고 벌써 거나하게 한잔을 걸친 오서연이 소리쳤다.

"있는 놈만 부자가 되는 더러운 세상!"

물론 오서연도 한유현만큼이나 부자였지만.

그렇게 파티는 무르익을 대로 무르익었고, 오방민도 그새 기분이 좋아졌는지 사람들과 어울려서 파티를 즐기고 있었다.

하지만 차수준만큼은 파티를 즐기지 못하고 어정쩡하게 서서 정호의 눈치를 봤다.

'휴…… 괜히 오 이사님이랑 그런 내기를 해서…….'

차수준이 뒤늦게 후회했다.

그러다가 이대로는 안 되겠다는 생각이 들어 정호의 시

선을 피해 한적한 곳에 자리를 잡았다.

계속 파티장에서 정호의 눈치를 보다간 돌아버릴 것 같았기 때문이었다.

그런 차수준의 곁으로 누군가 다가왔다.

바로 정호였다.

"어…… 오 이사님?"

다시 한 번 정호와 마주치자 차수준은 왠지 감정이 격해져서 될 대로 되란 심정이 됐다.

겁이 나서 지금까지 물어보지 못했지만 이제 정호에게 물어볼 생각이었다.

내기에서 승리한 소원의 내용이 무엇인지.

"저기 내기에서 승리하셨는데 소원의 내용이……."

그때 정호가 두 손뼉을 마주 치며 끼어들었다.

"아! 맞아, 내기."

"예?"

"우리 내기했었죠?"

"예? 예?"

"정신이 없어서 잊고 있었습니다."

차수준은 괜히 허탈한 마음이 들었다.

정작 자신을 불안에 떨게 한 당사자가 내기를 했었다는 사실조차 잊고 있었다니.

"그…… 그랬군요."

하지만 차수준은 다시 긴장해야 했다.

정호가 밝은 미소로 차수준에게 이렇게 말했기 때문이었다.

"하지만 잊었었다 하더라도 내기는 내기죠? 뭐가 좋을까요, 소원 들어주기의 소원은?"

"그…… 글쎄요."

"아!"

정호가 뭔가가 생각났는지 다시 한 번 양 손바닥을 부딪쳤고 차수준의 긴장감은 최고조에 달했다.

소원 들어주기 하나에 이 정도로 긴장을 하는 걸 보면 정호가 무섭기는 무서운 모양이었다.

잠깐 한눈을 판 사이에 차수준이 사라지자 차수준을 찾아서 이곳에 도착한 오방민이 두 사람 근처에서 불안에 떨며 생각했다.

'수준아……. 그럴 거면 애초에 내기를 하지 말지…….'

멀리서 지켜보는 자신조차 떨렸기 때문에 괜히 차수준이 원망스러운 오방민이었다.

그때 정호의 입이 열렸다.

드디어 소원 들어주기의 소원이 등장했다.

"제 소원은…… 파티를 즐겨주세요."

정호의 황당한 소원에 차수준은 자신도 모르게 반문했다.

"네?"

"파티를 즐겨 달라고요. 아까 전부터 무슨 고민이 있는 사람처럼 파티를 제대로 즐기지 못하고 있잖아요."

"아…… 그건……."

"고민은 잊고 파티를 즐기세요. 오늘은 수준 씨의 드라마 〈신사의 품위〉가 축하를 받는 자리잖아요. 그러니깐 수준 씨도 즐기세요, 이 파티를. '미래'에 대한 모든 고민은 내려놓고."

정호는 이렇게 말하며 어깨를 으쓱해 보였다.

그런 뒤 파티장 안쪽으로 먼저 돌아서서 걸어갔다.

차수준에게 오방민이 다가왔다.

오방민은 차수준이 얼마나 긴장을 하고 있었는지 알았기에 물었다.

"괜찮아, 수준아?"

차수준은 금방 대답하지 못하고 파티장 안쪽으로 걸어가는 정호를 가만히 바라보기만 했다.

그러더니 말했다.

"오 이사님은 그래도 좋은 분 같지?"

애가 갑자기 왜 이러나 싶었지만 오방민은 순순히 대답했다.

"사실 뭐…… 회사를 위해서 오 이사님같이 열심히 해주시는 분도 없지……. 너무 냉철하고 이성적이라서 무서울 때도 있긴 하지만……."

"오 이사님이 나에게 정말 바랐던 것은 무엇일까?"

사실 두 사람은 알고 있었다.

정호가 내기를 잊지 않았다는 사실을.

두 사람이 숨어 있는 사무실로 찾아온 것 자체가 그걸 증명했기 때문이었다.

하지만 정호는 내기를 제의했을 때 처음 마음먹은 자신의 소원이 무엇이었는지 끝끝내 말해주지 않았다.

소원을 말하긴 했지만 그게 진짜 소원이었다는 생각은 들지 않았다.

오방민이 말했다.

"글쎄……. 애초에 이 모든 게 오 이사님한테는 하나의 유희가 아닐까? 모든 걸 '미리' 꿰뚫어 보시는 분이잖아. 그래서 멋있는 분이기도 하고."

오방민의 말을 듣고 차수준은 뭔가를 깨달았다.

"아……."

"왜? 뭔가 짚이는 거 있어?"

오방민이 물었지만 차수준은 대답하지 않았다.

대신 잠시 후, 오방민에게 차수준이 이렇게 말했다.

"가자! 파티가 끝나기 전에 이 파티를 제대로 즐겨보자!"

"가, 같이 가!"

파티를 즐기기 위해 파티장 안쪽으로 뛰어가며 차수준이 생각했다.

'미래를 모두 알기 때문에 현재를 즐기는 것, 혹은 미래를 모두 아는 것처럼 현재를 즐기는 것. 그게 오 이사님이 멋있는 이유였군요. 저도 그럼 이제 명예를 좇지 않겠습니다. 그냥 현재를 즐길게요.'

정서정이 파티장 한가운데 서 있다가 안쪽으로 뛰어온 차수준에게 말을 걸었다.

"왔어, 꼬맹이? 딱 맞춰왔네? 이제부터 축하 공연이 있을 거래."

다행이었다.

파티는 아직 끝나지 않았다.

〈신사의 품위〉 이후 정호는 개인적으로 재정비 시간을 가졌다.

그렇다고 해서 뭔가를 굉장히 공을 들여 정리하는 시간은 아니었다.

그런 건 이미 회사 차원에서 전부 이뤄지고 있었기 때문에 정호가 할 일은 회사에서 넘겨주는 보고서를 읽고 현재 상황을 파악하는 정도뿐이었다.

다들 좋은 기세를 타고 성장하는 중이었다.

특히 정호가 직접 키워온 연예인들이 전부 좋은 성과를 보이고 있었다.

〈신사의 품위〉에서 활약한 배우들은 한 달간의 휴식기가 끝나봐야 제대로 된 성과를 알 수 있겠지만 벌써부터 해당 배우들에게 쏟아지는 대본의 양부터가 달라졌기 때문에 성과는 굳이 분석하지 않아도 좋다는 걸 파악할 수 있었다.

'음…… 확실히 회사 자체의 성장세가 인상적이군. 이 정도면 기획팀과 홍보팀을 굴려서 새로운 사업에 뛰어들어도 되겠는데?'

매니지먼트사가 보통 연예인을 키우는 것에만 집중한다는 생각은 흔한 오해였다.

회사의 규모가 작을 때에는 정체성을 잃지 않기 위해서 혹은 성장을 도모하기 위해서 연예인 육성에 중점을 두는 게 좋을지 모르지만, 그 단계를 거친 이후에는 얘기가 달라졌다.

어느 정도 기반이 잡힌 때에는 남아도는 투자금을 활용하여 부가적인 수입이나 시너지 효과를 창출하는 게 더 좋은 방법이었다.

실제로 제대로 된 성과를 내지 못해서 그렇지 많은 매니지먼트사가 2차 수입을 확보하기 위해 다양한 사업에 뛰어들고 있는 상황이었다.

오히려 청월은 성장세에 비해서 이런 방식의 투자가 전무한 것이 문제라면 문제였다.

'이 건은 미리 대표님한테 보고하고 임원진 회의를 통해서 정식으로 다뤄봐야겠어. 예전에 성공했던 괜찮은 아이템이 몇 개 있으니깐…….'

정호는 기억을 더 되짚어보기로 마음을 먹고 이 부분에 대한 생각을 그쳤다.

그리고 이어서 다른 부분에 대해서 생각했다.

정호가 이번에 생각이 미친 부분은 하수아에 관한 것이었다.

'늘 그랬지만 요즘 수아의 성장세가 대단하네.'

대한민국 예능계는 이제 하수아의 세상이라고 해도 과언이 아니었다.

아직 스타 진행자로서의 면모까지 갖춘 것은 아니었지만 어느 정도 능력이 입증된 것이 사실이었다.

그에 대한 증거로 요즘 인피니티 챌린지에 반 고정 멤버로 출연하고 있는 하수아는 시청자들로부터 좋은 반응을 이끌어내고 있었다.

'인피니티 챌린지에서 좋은 반응을 얻어내기란 사실 하늘에 별 따기지.'

정호마저도 인피니티 챌린지의 출연을 말릴 정도로 인피니티 챌린지는 정말 독이 든 성배였다.

인피니티 챌린지가 대한민국 최고의 예능이라는 타이틀을 가진 것은 사실이지만 그렇기 때문에 짊어져야 하는 부담감이 무척이나 컸다.

특히 각종 사건, 사고로 이탈한 인피티니 챌린지의 올드 멤버를 그리워하는 팬들이 많아서 새로운 합류한 멤버는 항상 비판적인 팬들의 입방아 오르기 마련이었다.

'기존 멤버와의 비교가 바로 들어가는 까닭에 약간이라도 활약이 미비하면 심한 비난을 듣게 되지. 잘하면 너무 나댄다고 비난할 정도니 뭐 말 다했지.'

이런 인피니티 챌린지의 엄청난 부담감에도 불구하고 하수아는 반쯤 고정으로서 좋은 활약을 펼치고 있었다.

뿐만 아니라 여론도 상당히 좋았다.

특히 현재 대한민국 예능의 가장 핫한 아이콘 중 하나인 양세준, 양세춘 형제 중 형인 양세준과 뛰어난 케미를 자랑했다.

'경력은 양세준이 더 높지만 다양한 예능을 통해서 감각을 기른 건 역시 수아 쪽이지. 그러다 보니 두 사람은 서로가 선을 넘지 않도록 도움을 주고 있고.'

하수아의 합류 전까지만 해도 양세준은 많은 인기를 얻고 있는 동시에 많은 비난도 듣고 있었다.

행동이 과하고 까불며 나댄다는 것이 비난의 골자였다.

하지만 하수아가 합류하면서 이 부분이 많이 상쇄됐다.

하수아도 양세준만큼이나 잘 까불었지만 동시에 〈임식당〉, 〈나의 독립 도전기〉 등 나 피디와 함께한 방송에서 '일상을 빗겨난 일탈'이 무엇인지 배웠기 때문에 굉장한 여유와 절제력도 가진 상태였다.

그러다 보니 양세준의 끼를 적절히 커버하는 동시에 양세준과 좋은 호흡을 보여줄 수 있었다.

또한 혼자만 여자라는 점도 시청자들에게 어필하는 면이 있었다.

예능감은 뛰어나지만 인피니티 챌린지를 소화하기에 체력적으로 어려움이 있을 거라는 시선이 다분했지만, 이러한

세간의 시선이 편견이라는 것을 행동으로 보여줬기 때문이었다.

편견이 사라지자 자연스럽게 하수아를 좋아하는 남성팬들과 하수아를 응원하는 여성팬들이 인피니티 챌린지 시청에 합류했고, 인피니티 챌린지는 과거의 명성을 꽤나 되찾고 있었다.

'시청률 20퍼센트대라⋯⋯. 대단하군.'

이렇게 좋은 상황인데 정호는 왠지 꺼림칙한 마음을 지울 수가 없었다.

얼마 전부터 계속 정호의 촉이 뭔가 안 좋은 일이 생길 거라는 예감을 발휘하고 있었다.

'뭐지⋯⋯. 그게 뭘까⋯⋯.'

정호가 이런 생각을 하고 있는데 누군가 이사실을 노크했다.

똑똑.

"이사님, 서 비서입니다."

"네, 들어와요."

서 비서가 몇 가지 문서를 들고 이사실로 들어왔다.

"그게 뭐예요?"

"아, 기획팀에서 올려 보냈더라고요. 청월에서 진행되고 있는 악플러에 대한 소송의 건을 정리한 문서라고 합니다."

정호가 고개를 끄덕이면서 문서를 받았다.

종종 있는 일이었다.

일반적인 악플러라면 그냥 넘기겠지만, 개중에서도 악질이 있기 마련이었다.

인신공격을 하는 것도 문제였지만 특히 잘못된 정보를 진짜처럼 조작하는 악플러들은 회사 차원에서 미리미리 정보를 모으고 대응할 필요가 있었다.

'가만…… 정보 조작……?'

갑자기 뭔가가 떠오른 정호가 어디론가 전화를 걸었다.

"안녕하세요, 중태 씨. 지금 전화 통화 가능해요?"

2장. 파업

갑작스러운 질문이었지만 이런 일을 많이 겪어본 사람처럼 예중태가 대답했다.

"제가 어떻게 들어봤겠습니까? 보나마나 이 시대의 예언가만이 알 수 있는 일일 텐데요."

흥분해서 모든 얘기를 쏟아내려던 정호가 예중태의 말을 듣고 애써 마음을 가다듬었다.

큰일일수록 돌아갈 필요가 있었다.

서두르며 나섰다가는 괜한 오해를 살 가능성도 없지 않았다.

"우연히 들은 얘기인데……."

"네네, 늘 우연히 잘 들으시죠."

"MBS 직원들 측에서 흥미로운 말이 오고간다고……."

"오호~ 이번에는 방송사? 오 이사님, 전문 분야군요!"

"들어 보니 MBS 사장의 비리를 두고 파업을 한다
는……."

누가 언론인 아니랄까봐 시종일관 딴지 거는 말투를 유
지하는 예중태였다.

정보 출처가 어디인지 자신에게 밝히지 않은 것에 대한
서운함이 들어 있기 때문에 정호도 딱히 이 부분을 문제 삼
지 않았다.

그저 이런 부분까지 마음을 터놓지 못하는 게 내심 미안
할 뿐이었다.

정호는 이제 누구보다 신뢰를 가장 중요하게 생각하는
사람이 되었다.

어쨌든 그런 예중태라도 MBS, 사장, 비리라는 단어를
듣고 놀라지 않을 수 없었던 모양이다.

예중태가 되물었다.

"MBS 직원들이 또 파업을 한다고요?"

"그렇다고 합니다."

사실 정호는 이 문제에 끼어들 생각이 없었다.

정치와 관련해서 최대한 엮이지 않는 게 정호의 목표였
기 때문이었다.

딱히 정치를 싫어하는 것은 아니었다.

오히려 관심이 많은 편이었고 시간의 결제 전과 후 모두,

단 한 차례도 빠짐없이 소중한 한 표를 행사해 온 정호이기도 했다.

하지만 그와 별개로 업무에 관해서만큼은 정치계와 엮일 생각이 없었다.

연예계는 과거부터 정치계와 엮일 기회가 생각보다 많은 편이었는데, 정치계와 엮일 경우 얻을 수 있는 이익보다 감수해야 할 피해가 항상 더 컸다.

'정치계와 연결돼서 좋은 꼴을 본 경우가 단 한 번도 없었지. 그런 소속사들은 어김없이 더럽게 물들어서 결국 파멸의 길로 빠져들었다. 마치 내가 과거에 그랬던 것처럼.'

이전의 시간에서 정호는 한경수와 함께하면서 정치와 깊게 연관이 돼 있었다.

한경수처럼 소속 연예인들을 데려다가 정치인들의 술자리에 밀어 넣는 일은 없었지만, 언론 조작 등에 청월의 연예인이 동원될 때 몇 번이나 눈감고 넘어간 일이 있었다.

등 떠밀려 언론 조작을 위한 거래에 참가한 적도 있었고.

어쩔 수 없는 일이었다.

애초에 관련이 없는 소속사라면 또 모를까 이미 정치계와 연관이 된 이상 충분한 힘이 없으면 블랙리스트에 올라 방송 자체를 하지 못하는 경우도 생겼기 때문이었다.

'다행히 최근의 분위기는 그런 부분에서 약간 자유로워진 상태다. 또한 중태 씨를 내 편으로 만든 이상 정치계의 일방적인 핍박만을 받을 필요고 없고.'

정호가 예중태를 자신의 사람으로 만든 것은 한경수와의 맞대결에서 언론계의 힘을 얻고 정치계의 힘을 약화하기 위함이었다.

그러다 보니 이런 곳에서도 예중태를 써먹을 수가 있었다.

하지만 정호가 정치계와 굉장한 연관이 있는 이번 MBS 사장 건에 나선 것은 나서볼 만해서 아니었다.

궁극적으로 정호는 하수아 때문에 MBS 사장 건에 끼어들기로 마음을 먹었다.

인피티트 챌린지의 김 피디가 MBS 사장 퇴진을 요구하는 이번 파업에 참여하기 때문이었다.

그리고 김 피디의 파업 참여로 인피티트 챌린지는 기약 없는 촬영 중단 상태에 놓이기 될 예정이었다.

'김 피디의 파업 참가는 어떤 수를 써도 막을 수 없다. 그렇다면 인피니트 챌린지에서 좋은 흐름을 타고 있는 수아는 파업 때문에 어쩔 수 흐름이 끊기게 되는 셈이지. 파업이 길어져서 수아에게 좋을 것이 하나도 없어.'

뿐만 아니라 생각대로만 간다면 이번 MBS 사장 건을 통해서 정호가 얻을 것은 많았다.

그리고 그것들은 전부 정호에게 좋게 작용할 예정이었다.

가깝게는 한경수의 복수를 위해서, 멀게는 청월의 더 높은 성장을 위해서.

정호가 예중태에게 말했다.

"우연히 들은 얘기이긴 하지만…… 신뢰도가 높은 사람한테 들은 얘기이니 보도 자료를 모아 기사를 내보면 어떨까요?"

엘리트 중의 엘리트 예중태가 정호의 의도를 단번에 파악했다.

이번 건에 하수아가 연관되었다는 걸 벌써 파악한 것이었다.

"정보만 확실하다면 기사는 하루 만에 낼 수 있죠. 그런데 기사만 내면 됩니까? 제 시사 프로그램은 그냥 있을까요?"

정호는 "아직은요."라고 대답하려다가 말았다.

왠지 정보의 출처를 자신이라고 말하는 것 같았기 때문이었다.

정호는 당황하며 다른 말을 꺼냈다.

"하하하……. 확실하지 않은 얘기를 굳이 영향력이 높은 중태 씨의 시사 프로그램에서 다룰 필요가 있을까요?"

예중태가 의미심장한 목소리로 대답했다.

"좋습니다. 일단 기사만 내도록 하죠."

예중태를 잘 구슬린 정호는 사무실을 나와 어디론가 향했다.

정호가 향한 곳은 다름 아닌 MBS의 사옥이 있는 상암동이었다.

MBS 방송국 앞 한적한 카페에서 정호는 인피니티 챌린지의 김 피디를 만났다.

나 피디와 함께 대한민국 예능계를 양분하고 있다고 해도 과언이 아닐 김 피디와 정호는 이미 안면이 있는 사이였다.

밀키웨이 멤버들이 여러 차례 인피니티 챌린지에 게스트로 출연했고 최근에는 하수아가 인피니티 챌린지에 반고정으로 들어간 상태였다.

친하진 않았지만 안면이 있을 수밖에 없는 관계였다.

연락을 받고 먼저 카페로 와 정호를 기다리고 있던 김 피디가 정호를 반겼다.

"안녕하세요, 오 이사님. 갑자기 연락을 주셔서 놀랐습니다."

반기기는 했지만 동시에 뭔가 이상한 낌새를 눈치 챈 듯한 느낌이었다.

눈치에서만큼은 타의 추종을 불허하는 김 피디다운 모습이었다.

'저 눈치와 센스로 이 자리에 올랐다고 해도 과언이 아니지……'

이렇게 생각하며 정호가 말했다.

"저도 반갑습니다, 김 피디님. 일단 커피부터 시키고 앉아서 대화를 나누도록 하죠."

매니지먼트의 제왕6

잠시 후, 근황에 대한 가벼운 대화를 나누고 있을 때 주문한 커피가 나왔고 본격적으로 대화의 물꼬가 트였다.

김 피디가 약간 조급한 모습을 보이며 말했다.

"그래서 용건이……."

정호는 쓸데없이 시간을 끌 필요가 없다고 생각하고 바로 대꾸했다.

"아는 라인을 통해 정보 하나를 얻었습니다. 원래 정보만 가지고 움직이지는 않는데 너무나도 신뢰도가 높고 중요한 정보라 이렇게 발걸음을 하게 됐습니다."

김 피디가 긴장을 하며 물었다.

"무슨 정보죠?"

"MBS 파업의 건."

정호의 대답을 듣고 김 피디가 뒤늦게 웃음을 터뜨렸다.

"하하하. 어디서 그런 정보를 얻으셨는지 모르겠지만 질 나쁜 농담이군요. MBS 파업이라뇨."

김 피디가 눈치가 빠르고 센스가 뛰어난 것은 사실이지만 그렇다고 연기까지 잘하는 것은 아니었다.

오히려 연기력은 과거 유미지가 보여주던 것처럼 거의 로봇이나 다름없는 수준이었다.

정호는 그 점을 지적했다.

"지금…… 김 피디님, 굉장히 어색하신 거 아시죠?"

안 되겠다 싶었는지 김 피디가 태도를 고쳤다.

정호에게 솔직하게 터놓고 말하는 쪽으로.

김 피디조차도 정호가 연예계에서 보여주는 행보에 놀라고 있었다.

그렇기 때문에 정호를 속이는 건 불가능하다고 생각했다.

'오 이사님은 엄청난 일들을 결국에 해내는 대단한 사내니깐…….'

김 피디가 한쪽으로 생각을 밀어두며 신중하면서도 간절한 어투로 정호에게 말했다.

"지금 힘을 모으고 있는 중입니다. 핵심이 되는 직원들의 힘을 모으기는 했지만 아직 힘이 부족한 상황이에요. 증거는 둘째치더라도 파업에 합류하기로 약속한 직원 자체가 적은 상태죠. 그러니 그 정보는 외부에 발설하지 말아주세요. 부탁드립니다."

김 피디는 이렇게 말하는 동시에 다른 생각을 가져와 정리했다.

'벌써부터 정보가 새어 나가다니……. 일단 오 이사님의 입을 막고 직원들을 설득해서 이번 파업은 조금 시기를 조율하는 게 좋겠군…….'

하지만 김 피디의 생각처럼 일은 이뤄지지 않았다.

정호는 난감하다는 표정을 지으며 대답했다.

"이거 어쩌죠? 중태 씨가 벌써 이 일을 기사화하기로 했는데……."

김 피디가 벼락을 맞은 사람처럼 몸을 부르르 떨더니

매니지먼트의 제왕6

주머니에서 스마트폰을 꺼냈다.

그러고는 스마트폰에 뜬 기사를 확인했다.

—MBS 직원들, MBS 사장에 대한 파업 진행 고려 중…….

기사를 확인한 김 피디는 낭패한 표정을 지으며 정호에게 언성을 높였다.

"이게 무슨 짓입니까! 저희 전부 죽으라는 겁니까? 이렇게 하면 저쪽에서 만만의 준비를 갖출 텐데……. 이번만큼은 은밀하게 힘을 모아서 기습적으로 강도 높은 파업 시위를 했어야 했는데……."

말을 하면 할수록 이번 파업 시위에 대한 실패를 예감하는 김 피디였다.

김 피디의 말대로였다.

아직 MBS 사장의 퇴진을 요구하기 위한 파업팀은 힘을 모으는 중이었다.

MBS 직원들의 지지를 이끌어냄과 동시에 MBS 사장이 언론 조작에 관여했다는 확실한 증거를 긁어모으고 있었다.

그러던 와중에 정호가 이런 기사를 터트린 것이었다.

퇴진 요구 파업팀으로서는 청천벽력과도 같은 상황이었다.

기사와 함께 MBS 사장은 증거를 숨기기 위해 사방팔방으로 뛰어다닐 것이 뻔했기 때문이었다.

"어쩌실 겁니까! 이제 어쩌실 거냐고요?"

김 피디는 퇴진 요구 파업의 실패를 예감하는 것처럼 발악했다.

방으로 이뤄진 카페가 쩌렁쩌렁 울릴 정도의 목소리였다.

누가 듣지 못하게 정호가 김 피디를 자중시켰다.

"진정하십시오. 이걸로 끝난 게 아니니."

김 피디도 자신의 목소리가 너무 크다고 생각했는지 조금 목소리를 줄였다.

하지만 목소리에 담겨 있는 정호에 대한 원망은 그대로였다.

"뭐가 이걸로 끝난 게 아닙니까? 오 이사님 정도 되는 분이 상황을 파악하지 못하십니까? 이제 MBS 사장은 증거를 인멸하기 위해서 발등에 불이 떨어진 것처럼 뛰어다닐 거라고요."

흥분한 김 피디를 향해 정호가 씩 하고 웃어 보였다.

그러고는 말했다.

"보기 좋겠군요. 전부 허튼 수작인데 말입니다."

정호의 말을 듣고 김 피디의 눈빛이 바뀌었다.

뭔가가 더 있다고 생각한 모양이었다.

이제 김 피디는 원망의 눈빛이 아닌 호기심이 가득한 눈빛을 했다.

"방금 뭐라고 하셨죠?"

"MBS 사장의 행동은 전부 허튼 수작이라고 말했습니다."

"그게 무슨……."

이전의 시간을 살아본 정호는 MBS 사장의 퇴진 요구 파업이 어떤 결과를 가지는지 알고 있었다.

'완벽한 실패였지…….'

충분한 시간을 들여 퇴진 요구 파업팀이 마련한 힘과 증거가 모두 무의미했기 때문이었다.

무엇보다도 MBS 사장이 언론을 조작했다는 결정적인 한 방이 될 만한 증거가 없었다.

무엇보다도 퇴진 요구 파업에 참가한 어떤 직원도 MBS 사장에게 직접적으로 언론 조작을 요구받은 바가 없었던 것이 결정적이었다.

'하지만 아마 퇴진 요구 파업팀으로서는 방법이 없었을 것이다. 이 파업의 키를 쥐고 있는 피디가 갑작스럽게 잠적을 한 상태였으니깐. 이가 없다면 잇몸으로 하겠다는 심정으로 그냥 부딪친 것이겠지.'

그렇게 부딪쳤기 때문에 MBS 사장의 퇴진 요구 파업은 실패할 수밖에 없었고 그 역풍은 대단했다.

예전보다 못하다는 이유로 항상 폐지설이 언급되던 인피니티 챌린지가 정말 폐지 수순을 밟았기 때문이었다.

'김 피디도 인피니트 챌린지를 끝으로 완벽하게 무너졌고…….'

정호는 MBS 사장의 퇴진 요구 파업을 둘러싼 일련의 흐름을 바꿔볼 생각이었다.

그런 생각으로 이미 이 자리에 나온 것이었다.

정호가 김 피디에게 말했다.

"용 피디. 제가 용 피디가 어디에 있는지 알고 있습니다."

김 피디의 눈이 동그랗게 커졌다.

용 피디는 MBS 사장에게 직접 언론 조작을 지시받은 유일한 MBS의 피디였다.

매니지먼트

제왕

3장. 용 피디 찾기

　김 피디가 오해하고 있는 것이 하나 있었다.

　그것은 이미 MBS 사장이 증거 은폐를 위해 발 빠르게 움직이고 있다는 사실이었다.

　그리고 그 움직임의 목적은 결정적인 증거를 가지고 있는 용 피디의 제거였다.

　하지만 다행히 정호는 용 피디의 소재를 확실히 알고 있었다.

　이맘때쯤에 용 피디가 누구로부터 제거되었는지 알고 있었기 때문이었다.

　'한경수…….'

　한경수는 이때부터 본격적으로 정치계와 연계하여 사업을

확장했다.

특히 MBS 사장의 퇴진 요구 파업은 중요한 기점이 되었다.

'한경수는 이때 MBS 사장의 퇴진을 막아주는 조건으로 MBS의 다양한 프로그램 런칭을 보장받았다. 한경수다운 아주 더러운 방식이지.'

한경수에게 있어서 MBS 사장의 퇴진을 막는 것은 손바닥 뒤집듯이 쉬운 일이었다.

외할아버지로부터 받은 조직을 움직여 언론 조작의 명령을 직접 받은 유일한 인물, 용 피디만을 제거하면 됐기 때문이었다.

하지만 정호가 이후에 들은 바로는 이 일이 생각처럼 쉽게 이뤄지지 않았다고 한다.

상위 1퍼센트만이 드나들 수 있는 술집에서 거나하게 취한 한경수가 그날의 일에 대해 말하며 기분 나쁘게 웃었다.

"크크큭. 용 피디라는 놈이 얼마나 쥐새끼처럼 숨었는지 네가 직접 봤어야 했는데……. 글쎄 인천 연안 부두의 컨테이너 중 하나에 숨어 있었다니깐? 한 달 넘게 그곳에 먹고 자고 했다지, 아마? 바퀴벌레 같은 새끼."

용 피디가 처음부터 그렇게 극단적으로 몸을 숨긴 것은 아니었다.

하지만 납치를 당하고 살해 위협을 느낀 까닭에 그런 선택을 할 수밖에 없었다.

운이 좋았다고 해야 할까.

수면제가 잘 통하지 않는 체질이었던 용 피디는 한경수의 조직원들에 의해 끌려가는 동안 잠에서 깨어났고 빠르게 상황을 파악하고 기지를 발휘하여 순간적으로 자리를 벗어났다.

한경수의 조직원들이 다 잡은 고기라고 생각하고 긴장을 풀고 있었던 탓에 벌어진 일이었다.

"하필 그 공터 근처에 택시가 있을 게 뭐람? 덕분에 녀석은 한 달 정도 더 삶을 부지한 채 이승이라는 똥밭에서 구를 수 있었지. 뭐…… 어차피 겨우 한 달이었지만. 큭큭큭."

어쨌든 정호의 기억이 맞다면 지금이 그 시기였다.

용케 살아남은 용 피디가 고향인 인천 연안 부두에 몸을 숨긴 상태고 한경수의 조직원은 용 피디를 쫓는 중인, 바로 그 시기.

정호가 잠깐 생각에 빠져 있을 때 김 피디가 보챘다.

"정말 용 피디가 있는 곳을 아십니까? 용 피디는 어디 있습니까?"

정호는 대답 대신 스마트폰을 꺼내 예중태에게 전화를 걸었다.

"중태 씨, 한 가지 기사를 더 내주셔야 할 것 같아요. 아는 사람이 그러길 이번 파업의 키를 쥐고 있는 것은……."

예중태가 이미 자신의 라인을 이용해 정보를 캐냈는지 정호의 말을 받았다.

"용 피디요?"

"네, 맞습니다. 용 피디에 관한 기사를 내주세요. 용 피디가 이번 사건에 대한 키를 쥐고 있고 용 피디가 사라지는 순간, 이후에 벌어질 파업 자체가 실패할 가능성이 높다는 내용이 담긴 기사를요."

예중태가 정호의 말뜻에서 뭔가를 읽었는지 곧장 대답했다.

"추측 기사는 내지 않지만 좋습니다. 지금 기사를 내보내겠습니다."

그렇게 정호와 예중태의 통화가 끝났고 김 피디가 어버버하며 말을 잇지 못했다.

돌아가는 상황이 김 피디의 생각을 아득히 넘어가는 모양이었다.

정호는 그런 김 피디에게 또 다른 고민거리를 하나 안겨 줬다.

"방송을 하나 준비해야겠습니다. 특집 방송으로. 가능하겠습니까?"

춥고 어두운 컨테이너 안.

그림자처럼 까만 사내가 몸을 떨었다.

그 까만 사내는 다름 아닌 용 피디였다.

단 한순간의 실수였다.

욕심이 생겼다.

한 가지 정보만 조작하면 자신에게 더 많은 프로그램이 돌아갈 거고, 자신은 더 많은 돈을 벌 거라는 욕심이 생겼고 그 욕심이 자신을 지배했다.

딱 한 번이면 될 줄 알았다.

하지만 아니었다.

한 번 언론 조작을 시작하자 윗선에서는 그것을 빌미로 계속해서 언론 조작을 요구했고 용 피디는 그걸 따라야 했다.

사실 생각해 보면 어려울 게 없는 일이었다.

뉴스와 시사 프로그램 등을 담당하는 시사교양국의 책임 프로듀서(Chief Producer)였기 때문에 정보 몇 가지를 조작하는 것은 일도 아니었다.

하지만 양심에 찔리는 것은 사실이었다.

욕심에 잠시 가려졌던 이성이 깨어나면서 더 이상은 안 되겠다는 생각도 들었다.

그렇다고 해서 빠져나갈 뾰족한 수가 있는 것도 아니었다.

정치계의 판도가 뒤바뀌지 않는 한 자신은 계속해서 언론 조작을 시도해야 했다.

그렇게 4년이라는 시간이 흐르고 마침내 정치계의 판도가 뒤바뀌었다.

용 피디는 안심했다.

정치계의 판도가 뒤바뀌었으니 더 이상 언론 조작을 하지 않아도 될 거라는 생각이 들었다.

정치계의 판도가 뒤바뀐 만큼 자신에게도 어느 정도 피해가 있을 거라고 생각했지만 그렇게 대단할 거라고는 생각하지 않았다.

자신뿐만이 아니라 다른 동료들도 모른 척, 살아남기 위해서 언론 조작에 동참했고 한배를 탄 것이 다름없는 MBS 사장이 자신을 지켜줄 거라고 생각했기 때문이었다.

'아닐 거야……. 아무 일도 없을 거야…….'

용 피디는 이런 생각을 하며 불안감을 떨쳐냈고 실제로 얼마 동안은 정말 아무 일도 없었다.

하지만 계속 아무 일도 없을 거라고 생각한 건 자신의 순진한 착각이었다.

한 무리의 사내들에 습격을 받고 쓰러진 뒤 깨어났을 때 용 피디는 모든 것을 깨달을 수 있었다.

'이대로라면 죽는다……. 나라는 증거는 없애기 위해 MBS 사장이 움직였어……!'

역설적이지만 오랫동안 언론 조작을 해왔기 때문에 상황이 어떻게 돌아가는지 파악하는 능력만큼은 최고가 된 용 피디였다.

수면제에서 깨어난 용 피디는 상황을 살피다가 틈이 생기자마자 달리기 시작했다.

살기 위해서 달렸고 우연히 근처에서 쉬고 있는 택시를 발견해 서둘러 현장을 벗어났다.

그리고 고향인 인천의 연안 부두로 돌아왔다.

꼭 성공을 해서 다시 돌아오겠다고 마음을 먹었던 그 연안 부두에 용 피디는 빈털터리가 되어 숨어든 것이었다.

지금 용 피디의 소원은 한 가지였다.

'살고 싶다…….'

부와 성공은 이제 아무런 상관도 없었다.

용 피디는 그저 순수하게 지금 살고 싶었다.

목숨이 위협받는 순간, 모든 가치는 목숨 앞에서 하찮아졌다.

그때 용 피디가 숨어 있는 컨테이너 박스의 문을 누군가 여는 소리가 들렸다.

용 피디는 긴장했다.

'여기까지구나……! 이제 꼼짝없이 죽는구나……!'

이런 생각이 절로 들었다.

그리고 컨테이너 박스의 문이 열렸다.

드르륵, 덜컹.

눈부신 햇살에 얼굴을 가리며 죽음을 각오했던 용 피디는 이내 의아하다는 표정을 지을 수밖에 없었다.

자신을 납치했던 사람들과는 달리 아주 멀쑥한 한 남자가 자신을 내려다보고 있었기 때문이었다.

"용주명 씨?"

그 남자의 입에서 조금은 낯설게 들리는 자신의 이름이 발음되자 용 피디는 갈라진 목소리로 물었다.

"누구세요?"

"절 기억하시는지 모르겠네요. 접니다. 청월 엔터테인먼트의 오정호 이사. 한 번 인사드린 적이 있었죠?"

◇ ◆ ◇

워낙 꼼꼼 숨어서 찾기가 힘들다더니, 정말 용 피디를 찾기가 쉽지 않았다.

'이 연안 부두에서 나고 자란 토박이라더니, 이렇게나 잘 숨을 줄이야……'

정호는 회사 측의 적지 않은 인력을 모두 풀고 나서도 한참이나 뒤진 끝에야 간신히 용 피디를 발견할 수 있었다.

다행인 점은 아직 시기상 한경수와 한경수의 조직원이 용 피디의 소재를 파악하지 못한 상태라는 것이었다.

그런 까닭에 정호는 인력을 대대적으로 사용할 수 있었고 한경수가 용 피디를 찾아냈을 때보다는 비교적 수월하게 용 피디의 신병을 확보할 수 있었다.

정호는 청월의 직원에게 보살핌을 받으며 벤으로 이동하고 있는 거지꼴의 용 피디를 바라보다가 어디론가 전화를 걸었다.

"김 피디님, 용 피디를 찾았습니다. 지금 올라가는 길이에요."

정호의 말에 김 피디가 긴장한 기색으로 되물었다.

"정말입니까?"

김 피디의 긴장을 풀어줄 겸 정호가 장난을 쳤다.

"물론이죠. 화상 통화라도 걸어서 확인해 드릴까요?"

"아…… 아닙니다. 이쪽도 어느 정도 준비가 끝났습니다. 시사교양국장님을 비롯한 다른 직원들을 간신히 설득했어요."

정호가 내보내려고 마음을 먹고 있는 특집 프로그램은 시사 프로그램이었다.

예중태가 담당하고 있는 시사 프로그램과는 성격이 다른, 사건 폭로를 위한 단발성의 프로그램이었다.

물론 MBS 사장이 이 프로그램에 대한 허가를 내줄 리가 없었다.

그렇기 때문에 김 피디는 이 프로그램을 만들기 위해 시사예능국장을 비롯한 동료들을 설득할 필요가 있었고 방금 그 설득이 끝나고 프로그램 제작을 위한 기초적인 준비를 마친 모양이었다.

정호가 김 피디에게 말했다.

"고생하셨습니다. 일단 저는 용 피디와 함께 서울로 올라가겠습니다. 동시에 용 피디를 사람 꼴로 만들고 다시 조용한 곳에 잘 숨겨두겠습니다."

"사람 꼴이요?"

정호가 벤에 탄 채 허겁지겁 빵을 집어먹고 있는 용 피디를 보며 말했다.

"네, 지금 굉장히 거지꼴이거든요. 어쨌든 촬영장으로 이동하면 용 피디가 바로 방송에 출연할 수 있게 처리 좀 부탁드리겠습니다."

"걱정 마세요. 설득 작업이 끝났으니 방송 준비도 금방 끝날 겁니다."

두 사람의 통화가 그렇게 끝났고 정호는 서둘러 이동을 시작했다.

이제 곧 시작될 화려한 폭로를 기대하며.

◇　◆　◇

한편 코끼리팩토리의 실질적인 사장인 한경수가 사무실의 집기를 모두 때려 부수고 있었다.

"용 피디 데려와! 용 피디 데려오라고!"

한경수는 한참을 사무실의 모든 집기를 때려 부수고 나서야 화가 좀 가라앉는 듯했다.

한경수 입장에서는 화가 날 수밖에 없는 상황이었다.

다 잡았던 용 피디를 놓치고 2주간이나 그 행적조차 쫓지 못하니 더더욱 그랬다.

뿐만 아니라 예중태가 낸 기사가 한경수를 미칠 듯이 초조하게 만들었다.

용 피디의 신병이 이후에 벌어질 파업의 성패를 결정한다는 게 모든 사람들에게 알려졌기 때문이었다.

'방법을 찾아야 해……. 내가 실패한다니 이게 과연 말이나 되는 소리야……?'

사실 한경수에게 이번 건은 큰 의미가 없었다.

알게 모르게 정호의 방해로 성장이 지체됐던 코끼리팩토리는 최근 좋은 성장세를 타고 있었고 이대로만 가도 코끼리팩토리는 분명 최상위권의 소속사 대열에 합류할 수 있었다.

물론 한경수의 욕심은 그게 다가 아니었지만.

'이번 일로 더 빨리 올라갈 생각이었는데…… 젠장……!'

한경수는 다시 한 번 화가 치밀어 오르는 걸 느꼈다.

무능한 부하들 때문에 일이 망가진 것이 너무나도 화가 났고, 동시에 일이 실패할 것만 같은 예감이 들어 무척이나 자존심이 상했다.

"으아아아아아아아아아아악!"

결국 한경수가 제 화를 이기지 못하고 또다시 난동을 부리기 시작할 때였다.

누군가가 한경수의 사무실로 들어왔다.

정호와 마찬가지로 어느새 이사 직함을 달고 있는 한경수를 부하 직원이 찾았다.

"이사님! 이사님!"

"감히 여기서 무슨 소란이야! 뒈지고 싶어?"

"죄, 죄송합니다."

부하 직원이 겁에 질려 바로 납작 엎드렸다.

그냥 말로만 엎드린 게 아니라 진짜 오체투지를 하듯 납작 바닥에 엎드려 버렸다.

한경수는 그런 부하 직원을 당연하다는 듯이 내려다봤다.

코끼리팩토리에서만큼은 황제나 다름없는 한경수였다.

"됐어. 뭔데 호들갑이야?"

부하 직원이 몸을 일으킨 후 몸에 묻은 먼지도 털지 않은 채 대답했다.

"청월 엔터테인먼트라는 곳에서 용 피디의 신원을 확보했답니다."

한경수의 한쪽 눈썹이 꿈틀거렸다.

"혹시, 그 청월?"

4장. 살려드릴 겁니다, 살려만

정호와 용 피디를 태운 차가 인천을 떠나 서울로 출발했
다.

그사이 허겁지겁 식사를 마치고 물티슈로 대충 얼굴과
손을 닦은 용 피디는 어느 정도 정신을 차린 상태였다.

정호가 그런 용 피디의 상태를 알아보고 말을 걸었다.

정호와 용 피디는 청월의 직원이 운전을 하고 있는 밴의
뒷좌석에 타고 있었다.

"어떻습니까? 정신이 좀 드십니까?"

정호가 말을 걸자 정호 쪽으로 고개를 돌린 용 피디는 눈
의 초점이 뒤늦게 돌아왔다.

용 피디가 한 박자 늦게 어눌한 말투로 대답했다.

"네."

"얼마나 거기에 계신 거예요?"

"한…… 2주……요."

용 피디가 인천 연안 부두 컨테이너에 몸을 숨긴 것이 대략 2주 정도 된 모양이었다.

이전의 시간에서 한 달이었던 것을 정호가 서둘러 시간을 단축시킨 것이었다.

정호는 속으로 생각했다.

'일찍 찾아냈으니 아직 한경수와 그의 조직원들은 용 피디의 행적조차 찾지 못했을 것이다. 다행히 조금 여유가 있겠군.'

그렇게 판단하고 있는 사이 용 피디가 정호에게 말을 걸었다.

"지금…… 어디로 가는 겁니까?"

용 피디의 말투가 조금씩 정상적으로 돌아오고 있었다.

납치 및 살해 위협에 대한 충격과, 오랫동안 몸을 숨기느라 사람을 거의 만나지 못한 탓에 느려졌던 사고력이 점차 되돌아오고 있다는 증거였다.

"용 피디님을 더 안전한 곳으로 대피시키기 위해서 이동 중입니다. 궁극적으로 용 피디님을 아무도 건드리지 못하게 할 생각이고요. 지금 쫓기고 있죠?"

"네."

용 피디가 순순히 정호를 따라나선 이유는 크게 두 가지였다.

하나는 자신을 납치했던 험악한 얼굴을 한 사람들이 아니기 때문이었고, 다른 하나는 일반인으로서는 짧지 않은 도피 생활을 하면서 삶에 대해서 반쯤 포기를 한 상태이기 때문이었다.

그리고 지금 용 피디는 안심을 하고 있었다.

말투와 내용을 들어 보니 확실히 정호는 자신을 납치했던 사람들과 관련이 없어 보였다.

정호는 용 피디가 어떤 생각을 하는지 눈치 채고 확신을 주기 위해 입을 열었다.

"저는 용 피디님을 쫓는 자가 누군지 알고 있습니다."

한참 관심 없는 척하던 용 피디가 정호 쪽으로 고개를 돌리며 물었다.

"그게 누굽니까?"

"척하면 척이죠. MBS의 사장과 MBS 사장으로부터 뭔가를 얻으려고 하는 사람들."

용 피디가 다시 창밖을 내다보며 대꾸했다.

"저도…… 그 정도는 예상할 수 있습니다."

이 정도의 대답을 하는 걸 보니 용 피디의 정신이 완벽하게 현실로 돌아온 모양이었다.

'그렇다면 납치 및 살해를 시도했던 사람이 누군지 얘길 해줘도 되겠지…….'

정호가 남의 목소리로 듣기도 싫은 이름을 입 밖으로

직접 꺼냈다.

"한경수. 코끼리팩토리의 이사 한경수가 당신을 노리고 있습니다."

◇ ◆ ◇

정호와 용 피디가 탄 차를 여러 대의 밴과 봉고차가 따르고 있었다.

용 피디를 찾기 위해 정호가 동원했던 청월의 직원들과 전문 업체의 인력들이었다.

이렇게 단체로 움직이면 누군가 의심할 법하다고 생각할지 모르겠지만 사실 고속 도로 위를 다니는 수많은 차를 보고 "어? 저거 혹시 용 피디가 타고 있는 거 아니야?"라고 생각할 사람은 없었다.

그래서 정호가 많은 인력을 동원할 수 있는 것이었고 지금 이 순간에도 어떤 문제가 생길 거라고 생각하지 않고 있었다.

틀린 판단은 아니었다.

심지어 한경수는 용 피디가 연안 부두는커녕 인천에 숨었다는 감조차 잡지 못한 상태였다.

다만 차를 타고 있는 사람들 중 배신자가 있을 거라고 생각하지 못한 것이 문제일 뿐이었다.

밴을 타고 있던 청월의 직원 중 하나가 어디론가 문자를 보냈다.

─용 피디 확보. 서울로 이동 중.

문자를 받은 사람은 한경수의 앞에서 오체투지를 했던 바로 그 부하 직원인 송희준 부장이었다.

송 부장은 청월에 심어둔 끄나풀이 문자를 보내자마자 한경수에게 달려갔고 한경수는 마침 사무실 내부의 모든 집기를 부수고 있었다.

그게 방금 전의 상황이었다.

한경수가 송 부장에게 물었다.

"그래? 용 피디의 소재를 알아냈다고?"

"네, 청월 엔터테인먼트에 심어둔 첩자가 문자를 보냈습니다."

한경수의 질문에 송 부장이 자신만만한 얼굴로 말했다.

그러자 한경수의 한쪽 눈썹이 꿈틀거렸다.

한경수가 물었다.

"확실해?"

기습적인 질문에 송 부장이 하지 말아야 할 반문을 했다.

"네?"

송 부장의 반문에 한경수는 더 심기가 불편해졌다.

"확실하냐고!"

"죄, 죄송합니다."

"이런 씨발놈아! 그것 하나 제대로 알아오지 못한 주제에 그딴 표정을 지어!"

한경수는 반쯤 풀어헤쳐진 넥타이를 아예 벗어서 바닥에 던졌다.

그러곤 송 부장을 향해 무차별적인 폭행을 저지르기 시작했다.

잠시 후, 멍투성이가 된 송 부장을 한쪽에 무릎 꿇려 놓고 한경수가 말했다.

"청월에 심어됐다는 끄나풀한테 문자를 보내. 다섯 시간 안에 용 피디를 처리했다는 증거를 보내라고."

◇ ◆ ◇

그사이 정호는 용 피디에게 상황을 설명하기 위해 한 가지 질문을 하고 있었다.

"스마트폰, 노트북? 신문 기사를 확인할 때 보통 어떤 것을 쓰십니까? 설마 요즘 세상에 종이 신문을 달라고 하진 않겠죠?"

정호가 무슨 말을 하고 싶어 하는지는 알 수 없었지만 용 피디는 일단 순순히 대답했다.

"스마트폰을 씁니다."

정호가 자신의 스마트폰을 용 피디에게 건넸다.

용 피디는 의아함이 가득한 눈으로 정호를 쳐다봤다.

정호는 스마트폰을 받으라는 듯 고갯짓을 했다.

정말 못 알아듣는 것인지, 아니면 정호를 아직 의심하는 것인지 알 수 없는 표정을 한 채 용 피디가 스마트폰을 받지 않고 정호만 멀뚱멀뚱 쳐다봤다.

정호가 결국 입을 열었다.

"받아 봐요. 받아서 용 피디님의 이름을 검색해 보세요. 아, 신원 보호 때문에 용 피디님 이름보다는 MBS라고 검색하는 게 더 빠르려나?"

용 피디는 정호의 스마트폰을 받아 시킨 대로 'MBS'라는 키워드를 검색했다.

그리고 검색 결과를 확인한 후, 눈을 동그랗게 떴다.

정호가 그 모습을 보며 말했다.

"맞아요. 제가 낸 기사입니다. 그리고 그 기사 덕분에 용 피디님은 이제 공식적인 위협으로부터 자연스럽게 보호를 받게 됐습니다."

2주간 사람들과 떨어져 지내느라 현장감을 많이 잃어버린 용 피디였지만 정호가 낸 기사가 의미하는 바를 알지 못할 리가 없었다.

이 공식적인 기사를 통해서 MBS 사장은 용 피디에게 해코지를 하지 못하는 상황이 됐다.

용 피디에게 압박이 들어가는 순간 그 배후로 MBS 사장이 가장 먼저 지목될 것이 뻔했기 때문이었다.

그럴 경우 정보 조작의 증거는 없앨 수 있겠지만 없는 의혹과 거센 비판을 받으며 MBS 사장 자리에서 물러나야 할 가능성이 생길 수 있었다.

공식적인 위협으로부터의 보호.

그게 정호가 서둘러 기사를 낸 이유 중 하나였다.

물론 MBS 사장과 한경수에게 긴장감을 주려고 했던 것이 더 핵심적인 이유였지만.

용 피디는 이 기사가 가진 의미를 곱씹으며 어쩌면 살아남을 수도 있다는 희망을 얻었다.

그래서 왠지 얼떨떨한 기분이었다.

컨테이너 문이 열렸을 때만 해도 꼼짝없이 죽은 목숨이라고만 생각했기 때문이었다.

정호는 얼떨떨해하는 용 피디를 오해하며 물었다.

생각만큼 감을 찾지 못했나 하는 마음이 들었던 것이다.

"기사의 의미를 모르겠어요? 설명해줘야 해요?"

용 피디가 혼자만의 생각에서 빠져나오며 대답했다.

"아닙니다……. 알고 있어요. 기사의 의미가 뭔지."

"다행이군요. 예상한 것보다 더 돌아서 가야 하나 싶어서 걱정했습니다. 그럼 용 피디님이 현 시점에서 살아남을 수 있는 유일한 방법이 무엇인지도 아시겠습니까?"

기사의 의미는 파악했지만 아직 거기까지는 생각하지 용 피디였기 때문에 정호에게 순순히 물었다.

"모르겠습니다. 그런 방법이 있습니까?"

정호는 대답 대신 용 피디를 가만히 쳐다봤다.

그러고는 쯧, 하고 혀를 한 번 찼다.

정말 그 방법이 무엇인지 모르는 것 같았다.

심지어 감정이 많이 손상되어서 그런지 표정을 읽기가
힘들었다.

'이래서는 곤란해……. 삶에 대한 열망이 있어야 준비한
방송을 조금 더 극적으로 만들 수 있을 텐데…….'

원래라면 정호는 이런 생각을 하지 않았을 것이다.

이전의 시간에서는 이득을 위해 더 한 짓도 했던 정호였
지만 이제는 어떤 순간에도 사람의 마음을 가지고 쉽게 장
난을 치지 않았다.

하지만 앞에 있는 용 피디는 그 대상에서 제외되어야 할
사람이었다.

순진해서 잘 몰랐다고는 해도 용 피디는 악인이었다.

4년간이나 언론을 조작하여 시청자의 마음을 농락한 악
인 중의 악인.

그런 악인에게 신뢰를 주기 위해 몸부림을 칠 만큼 정호
는 마음이 약하지 않았다.

'살고 싶어 하는 마음을 심어줘야겠다……. 일단 힌트를
줘 보자…….'

정호는 이렇게 생각을 하며 용 피디에게 말했다.

"눈에는 눈 이에는 이. 용 피디님, 당신이 지금까지 해왔
던 일과 반대되는 일. 바로 여기에 용 피디님이 살아남을
유일한 방법이 들어 있습니다."

힌트를 줬지만 여전히 용 피디는 감을 잡지 못하고 있었
다.

확실히 2주간의 컨테이너 생활이 용 피디를 피폐하게 만든 모양이었다.

컨테이너로 숨어들기 전에 정신없이 생필품과 식량을 잔뜩 구입했기 때문에 정말 용 피디는 2주간 컨테이너 밖을 나설 일이 없었다.

용 피디에게 자세한 사정을 들은 것은 아니지만 정호는 이 사실을 알고 있었다.

고향으로 숨어들었을 가능성이 높다고 판단한 한경수의 부하 중 하나가 우연히 들른 편의점에서 이 사실을 전해 듣고 용 피디를 찾아내는 데 성공한 것이기 때문이었다.

한경수는 그때 이렇게 말했다.

"그 멍청한 놈이 편의점에 들러서 표정 관리만 잘했어도 끝까지 우리한테 잡히지 않았을 거야. 어쩌면 목숨을 부지했을지도 모르지. 근데 그 멍청한 놈이 귀신이 들린 사람처럼 생필품과 식량을 정신없이 구입했다는 거야. 그러니 편의점 직원이 잊으려야 잊을 수가 없었지. 크크큭."

어쨌든 그렇게 격리된 생활을 한 탓에 용 피디는 한 수 앞만 간신히 내다볼 수 있는 상황이었다.

시사교양국의 책임 프로듀서였음에도 불구하고 말이다.

정호는 용 피디에게 힌트를 하나 더 주기로 했다.

"오늘 하루 숨어 있다가 내일 상암동에서 방송을 하게 될 겁니다. 특집 방송이죠, 용 피디님이 주인공이 되는."

그제야 용 피디가 상황을 파악했다.

다시 한 번 용 피디의 눈이 동그랗게 변했고 용 피디는 정호의 바짓가랑이를 잡으며 사정하기 시작했다.

자신이 살아남을 방법이 무엇이고 그걸 실행시켜줄 사람이 누구인지 깨달았기 때문이었다.

"살려주십시오……. 저를 꼭 살려주세요……."

정호가 자신의 바짓가랑이를 잡고 있는 용 피디를 쳐다보지 못한 채 씁쓸하게 말했다.

"네, 살려드릴 겁니다……. 살려만……."

정호와 용 피디가 타고 있는 밴은 서울을 향해 거침없이 고속도로를 질주하고 있었다.

정호는 갑자기 오랜만에 이전의 시간에서 늘 입에 달고 살았던 담배 생각이 간절해졌다.

매니지
먼트
5장. 위기
제왕

서울에 도착한 정호는 우선 용 피디를 홍대 예술 마을에 숨겼다.

한유현을 비롯한 많은 마을 입주민들의 손을 빌릴 수 있는 곳이라서 한 사람을 숨기기에 홍대 예술 마을만큼 적절한 장소도 없었다.

'바로 방송을 한다면 좋겠지만 아직 준비가 완벽하게 이뤄지지 않았다……'

방송을 통한 기습도 기습이지만 다른 부분도 준비를 해야 했다.

MBS 사장과 한경수를 완벽하게 옭아매기 위해서는 언론계 큰 영향을 발휘하고 있는 예중태의 힘이 필요했다.

'방송과 함께 MBS 사장과 한경수의 관계를 폭로할 만한 적절한 기사를 만들어둬야 한다. 아쉽게도 둘을 연결할 지점이 너무 약해. 이걸 어쩐다……'

정호는 이 기회에 한경수에게 확실한 타격을 주고 싶었다.

하지만 정호의 힘은 여전히 약했다.

방송계와 언론계의 힘만으로는 한경수에게 큰 타격을 주기가 힘들 만큼.

특히 MBS 사장과 한경수의 연결 관계를 밝힐 만한 결정적인 증거가 부족했다.

'의뢰를 받은 것도 한경수의 부하이고, 일을 처리한 것도 한경수의 부하이다. 머리를 칠 수 없으니 몸통이라도 쳐야 하나……'

머리를 굴려봤지만 도무지 방법이 나오지 않았다.

무엇보다도 이번 일을 어정쩡하게 준비해서 이 일에 청월과 정호가 개입된 사실이 밝혀진다면 골치 아플 가능성이 높았다.

한경수의 복수가 시작될 것이 뻔했기 때문이었다.

'아예 옭아맬 수 없다면 살짝 발을 뺀다. 몸통에게 타격만 쥐도 지금은 충분해.'

정호는 욕심을 버리기로 했다.

어차피 정호의 생각에 현재의 시간과 상황은 모두 정호의 편이었다.

한경수는 청월과 정호가 이런 일을 벌이고 있다는 사실조차 까맣게 모를 것이기 때문이었다.

'용 피디를 하루 쉬게 하고, 방송과 신문 기사를 적절히 연계하여 MBS 사장과 한경수의 비밀 조직에 타격을 줘야겠다. 좋아, 이것만으로도 분명 큰 수확이 될 거야.'

물론 정호는 모르고 있었다.

자신이 이렇게 마음을 다잡는 동안 한경수의 조직이 움직이고 있다는 것을.

송 부장에게 있어선 목숨이 달려 있는 일이었다.

그러다 보니 빠르게 움직일 수밖에 없었다.

지이잉.

진동 소리를 듣고 송 부장이 스마트폰을 꺼냈다.

스마트폰에는 문자가 와 있었다.

—전화 통화 가능.

청월에 심어놓은 끄나풀로부터의 문자였다.

송 부장은 바로 끄나풀에게 전화를 걸었다.

"어디야?"

"홍대 예술 마을에 있습니다."

누가 한경수의 부하 아니랄까봐 마음에 들지 않는 대답이 돌아오자 송 부장이 대뜸 소리부터 질렀다.

"너 말고 용 피디인지 뭔지 하는 새끼 지금 어디 있냐고, 이 자식아!"

끄나풀이 다급히 대꾸했다.

"요, 용 피디도 홍대 예술 마을에 있습니다."

송 부장이 애써 화를 가라앉혔다.

한경수에게 맞은 멍자국이 미친 듯이 따끔거리고 쓰렸지만 화풀이나 하고 있을 때가 아니었다.

늦으면 더 큰 화가 자신에게 돌아올 것이 분명했다.

어차피 송 부장에게도 이 일이 끝나면 화풀이를 받아줄 수많은 부하 직원들이 있었다.

물론 그것으로 화가 전부 풀리지는 않겠지만.

송 부장이 침착한 목소리로 되물었다.

"그래서 어떻게 처리하기로 했어?"

송 부장의 침착한 목소리를 듣고 끄나풀도 마음의 안정을 되찾았는지, 아니면 이대로 있다가는 정말 화가 자신에게 돌아올지도 모른다고 생각했는지, 또박또박한 말투로 대답했다.

"우선 힘을 빌릴 수 있는 근처의 조직원들을 모았습니다. 동원할 수 있는 녀석들은 많았는데 실력이 좋고 철저한 녀석들로만 다섯 명 추렸습니다. 십 분 안에 도착할 거고 녀석들이 도착하는 대로 작업에 착수할 겁니다."

"감시하는 놈들은 없어?"

"바깥쪽에 두어 명 힘 좀 쓰는 것으로 보이는 잔챙이들이 있긴 한데 문제없습니다."

"안쪽에는?"

"용 피디랑 마을의 촌장으로 알려진 한유현이 같이 있습니다."

송 부장의 머리가 빠르게 굴러갔다.

뒷골목의 더러운 일만 맡아 처리하는 송 부장이었지만 명색에 그래도 코끼리팩토리의 부장인데 한유현을 모를 리가 없었다.

'천재이자 스타 작곡가인 한유현이라……. 꽤 좋은 카드가 되겠는데…….'

송 부장이 청월에 심어둔 끄나풀에게 말했다.

"둘 다 사로잡아. 한 명은 조용히 처리하고 한 명은 조용히 입만 막아둬."

한 명은 죽이고 다른 한 명은 납치하라는 뜻이었다.

정호가 예중태, 김 피디를 한자리에서 만나 앞으로의 일을 논의하고 있었을 때였다.

정호에게 한 통의 전화가 걸려왔다.

홍대 예술 마을의 부촌장인 크라잉 벨벳의 리더 구형서

였다.

크라잉 벨벳이 청월과 정식 계약을 맺긴 했지만 이렇게 따로 전화 통화를 하긴 이번이 처음이었다.

총괄매니지먼트부 2팀에 소속되어 케어를 받고 있었기 때문에 그동안 정호와 따로 통화를 나눌 필요가 없었다.

정호가 좋지 않은 예감을 느끼며 전화를 받았다.

그러고는 물었다.

"네, 형서 씨. 무슨 일이에요? 이렇게 전화를 다 하고?"

구형서가 다급한 목소리로 말했다.

"오 이사님, 큰일 났습니다. 오 이사님이 보낸 사람이랑…… 촌장님이 처음 보는 녀석들의 손에 붙잡혀 갔습니다……."

구형서의 말을 듣고 정호가 자리에서 벌떡 일어났다.

"예? 그게 사실이에요?"

"네……. 촌장님이 오 이사님의 손님을 그대로 놔둘 수 없다며 들어가서 대화를 나누던 순간에 녀석들이 등장했습니다……. 엄청난 놈들이었어요……. 저랑 대협이가 어떻게든 막아보려고 했지만 역부족이었습니다……."

하필 홍대 예술 마을의 밴드 대부분이 회만 록 페스티벌 때문에 자리를 비운 상태였다.

또한 이런 사태를 대비해 미리 경호를 맡길 만한 사람을 구하지 못한 상황이기도 했다.

그런 까닭에 한유현이 홍대 예술 마을에서 가장 힘 좀 쓴

59

다는 구형서와 이대협이라는 친구를 붙여 용 피디를 지키
도록 한 모양이었다.

'이대협이라면 씨름 천하장사 출신의 크라잉 벨벳의 드
러머였지? 이대협을 쓰러뜨릴 정도면 대단한 놈들이 온 것
만은 확실하다.'

정호는 단번에 그들이 누군지 알 수 있었다.

숫자도 숫자겠지만 구형서와 이대협을 단번에 제압할 만
한 자는 많지 않았다.

그리고 그런 자들을 쉽게 이용할 수 있는 것은 정호가 알
기론 단 한 사람뿐이었다.

'한경수가 어떻게 용 피디의 소재를 알아낸 거지……?'

정호가 이런 생각을 하고 있는 사이, 처음 보는 번호로부
터 전화가 걸려왔다.

수상한 타이밍에 걸려온 전화였다.

정호는 구형서에게 양해를 구하고 그 전화를 받았다.

"네, 전화 받았습니다."

전화기 너머로 익숙한 목소리가 들려왔다.

"안녕하십니까, 오 이사님~ 처음 뵙겠습니다~"

이전의 시간에서 마지막 순간까지 한경수의 오른팔 역할
을 했던 송 부장이었다.

정호는 아랫입술을 꽉 깨물며 생각했다.

'송 부장이 움직였구나. 어쩐지 상황이 더럽게 돌아간다
더니…….'

정호가 대답이 없자 성격 급한 송 부장이 다시 한 번 말했다.

"전화 받는 사람 어디 가셨나? 전화 받았다면서요? 그럼 말을 하셔야죠~"

하수아가 조폭 놀이와는 비교도 되지 않는 진짜 조폭의 포스가 흐르는 말투였다.

물론 그런 송 부장은 번듯한 한 회사의 부장이었지만.

정호는 일단 송 부장을 모른 척하기로 했다.

괜히 아는 척하는 것보다는 모른 척하는 쪽이 저쪽의 생각을 떠볼 수 있는 방법이었다.

"……누구십니까?"

"호오~ 모른 척하는 겁니까, 아니면 정말 모르는 겁니까? 이번 일에 배짱 있게 달려들었길래 뒷 배경까지 전부 파악한 줄 알았는데?"

정호는 또 한 번 모른 척했다.

상대를 떠보기 위한 송 부장의 얕은 수에 넘어갈 만큼 정호가 바보는 아니었다.

"무슨 말을 하는지 모르겠군요. 도대체 누구십니까?"

이쯤 되자 송 부장은 정호에 대한 의심을 거둔 모양이었다.

송 부장이 정호의 능력을 후려쳤는지 편하게 말했다.

"으하하. 그래요. 무슨 말인지 모르겠죠. 반갑습니다. 나는 코끼리팩토리에 송희준 부장이라고 합니다."

정호가 대답했다.

"아, 송 부장님? 반갑습니다. 저는 청월 엔터테인먼트의 이사 오정호입니다."

정호는 일부러 더 번듯한 샌님 같은 느낌을 주며 말했다.

그걸 송 부장도 느꼈는지 조롱조로 대꾸했다.

"예? 뭐라고요? 아, 송 부장님? 으하하."

한바탕 웃어젖힌 송 부장이 정호에게 말했다.

"이봐요, 오 이사님. 지금 오 이사님이 대단한 벌집을 건드렸다는 걸 모르시나 본데 말이요……."

"네, 벌집이요?"

"그래, 벌집. 내가 지금 한 사람을 데리고 있어요. 한유현이라고 알지, 한유현?"

송 부장은 거의 반말 투로 정호에게 말하고 있었다.

정호가 완벽하게 자신보다 하수라고 생각하고 있는 듯한 태도였다.

그사이 바쁘게 머리를 굴리고 있는 정호는 속으로 생각했다.

'역시나…… 유현 씨를 놈들이 데리고 있는 모양이군. 근데 한 사람만 붙잡고 있다고? 벌써 용 피디는 처리한 건가?'

대답이 돌아오지 않자 정호가 겁을 먹었다고 생각했는지 송 부장이 말했다.

"아아, 그렇게까지 쫄 필요는 없어요. 우린 한유현이를 데리고만 있을 뿐 아직 어떤 해코지도 하지 않았으니깐."

정호의 귓속으로 송 부장의 말은 들어오지 않았다.

그저 앞으로의 일을 어떻게 처리해야 하나, 하는 생각밖에는 들지 않았다.

그걸 송 부장이 오해한 모양이었다.

"잠깐! 지금 혹시 오 이사, 경찰을 부르고 있는 건 아니겠지? 그러면 재미없는데? 그럼 한유현을 건드려야 하거든. 그래도 우린 아무런 처벌도 받지 않을 거야. 생각보다나, 송 부장의 뒷배가 아주 든든하거든?"

어차피 경찰은 부를 생각조차 하지 않는 정호였다.

경찰이나 검찰이나 모두 한경수의 편이었다.

막말로 정호가 지금 송 부장의 통화 내용을 녹음해도, 그는 솜방망이 수준의 처벌밖에는 받지 않을 것이 분명했다.

그리고 정호는 죽음이라는 보복을 당하리라.

정호가 대답했다.

"경찰을 부르기는커녕 녹음도 하고 있지 않습니다. 방금 코끼리팩토리의 뒷배가 누군지 생각이 났거든요."

한경수가 대한민국 최고 재벌의 손자라는 것은 누구나 다 아는 사실이었다.

"오호, 그렇다면 다행이군. 그래도 아예 멍청이는 아닌 모양이야?"

"어딥니까?"

정호는 송 부장의 조롱을 받아주지 않고 물었다.

어차피 이제 더 이상 송 부장과의 통화로 알아낼 정보는 없었다.

이 상황을 타계할 방법도 생각이 났고.

송 부장이 조롱조의 말투로 말했다.

"성격도 급하시긴. 나 여기 광명에 있는 〇〇창고요."

"곧 거기로 가겠습니다."

"그래요. 괜히 꼬리 달고 오지 마시고."

정호는 정말 시키는 대로 혼자만 송 부장이 찍어준 주소로 찾아갔다.

도착해 보니 그곳은 흡사 정호가 첫 번째 시간 결제를 했던 곳과 비슷한 분위기를 풍기는 장소였다.

'물론 그곳은 한국이 아니라 필리핀이었지만……'

정호가 이런 생각을 하고 있는데 정호를 발견한 검은 양복의 사내들이 정호에게 다가왔다.

그러더니 정호를 끌고 창고 안쪽으로 데려갔다.

'송 부장에게 데려가는 건가?'

하지만 정호의 생각과는 달리 검은 양복의 사내들은 정호를 바로 송 부장에게 데려가지 않았다.

대신 장갑을 낀 사내 하나가 정호에게 다가왔고 피가 묻은 칼을 정호가 한 번 쥐었다가 놓게 했다.

이 행동의 의미가 무엇인지 정호는 어렵지 않게 알 수 있었다.

'용 피디를 죽인 흉기에 지문에 남기는 거구나! 여차하면 나를 범인으로 몰 수 있게! 역시나 송 부장인가.'

역시 이런 부분에서는 철저한 송 부장다운 행동이었다.

정호는 그렇게 흉기에 지문을 남긴 후에게 송 부장 앞으로 끌려갔다.

송 부장이 검은 양복의 사내들에게 붙들려 있는 정호를 보며 입을 열었다.

"정말 혼자 올 줄은 몰랐는데 혼자 와 버렸군요, 오 이사님~"

정호는 그 말에 대꾸하지 않고 송 부장을 향해 말했다.

"네, 혼자 왔습니다. 그나저나 이거부터 놓고 얘기하면 안 됩니까?"

매니지먼트 제왕

6장. 저격

송 부장은 정호의 요청을 순순히 들어줬다.

어차피 용 피디의 제거라는 소기의 목적은 달성한 상태였다.

괜히 강하게 나가서 좋은 거래의 기회를 잃을 순 없었다.

적당히 겁을 주고 이득을 얻은 뒤 다시는 코끼리팩토리를 향해 발톱을 드러내지 못하게만 하면 됐다.

그리고 송 부장의 생각에 겁은 이미 충분히 준 상태였다.

송 부장이 손짓했다.

"풀어드려라, 얘들아."

송 부장의 손짓을 따라 정호를 붙들고 있던 검은 양복의 사내들이 뒤로 물러났다.

운신이 자유로워진 정호가 옷매무새를 가다듬으며 의기소침한 목소리로 말했다.

물론 일부러 낸 목소리였다.

"유현 씨는…… 어디에 있습니까?"

"으하하, 조급하시군요. 하긴 청월에서는 아주 중요한 인물이 사로잡혔는데 조급해하지 않을 수가 없겠지요. 뭐하냐, 어서 보여드리지 않고?"

송 부장의 말을 듣고 뒤에 서 있던 사내들이 움직였다.

잠시 후, 한유현이 끌려 나왔다.

다행히 한유현은 괜찮아 보였다.

용 피디가 살해된 잔인한 현장도 목격하지 못한 모양이었다.

'한유현을 목격자로 만들 수 없었을 테니 당연히 보여줄 수 없었겠지.'

어쨌든 한유현이 멀쩡하다는 것은 송 부장이 정말 거래를 원한다는 증거였다.

그게 아니라면 한유현은 반쯤 불구가 된 상태로 나왔을 것이다.

어차피 정호와 한유현을 모두 제거할 생각이었을 테니깐.

하지만 한유현은 멀쩡했고 정호의 생각대로 본격적인 거래가 시작됐다.

송 부장이 말했다.

"한유현의 타이틀곡, 밀키웨이와의 특집 방송 출연, 채작가의 드라마 차기작 주연……."

송 부장의 입에서는 거래 조건이 줄줄이 흘러나왔다.

물론 말이 좋아 거래 조건이었다.

이건 일종의 협박이었다.

거래에 응하지 않으면 정호를 용 피디를 죽인 범인으로 몰겠다는 그런 협박.

묵묵히 거래 조건을 듣고 있던 정호가 한유현과 눈이 마주쳤다.

한유현의 눈빛은 흡사 죽음을 기다리는, 사냥당한 들짐승 같았다.

한유현은 작금에 사태에 대한 죄책감과 두려움으로 입조차 열지 못하고 그런 눈빛만 보내고 있었다.

정호는 속으로 한유현에게 말을 걸었다.

'걱정 마세요, 유현 씨. 저런 놈에게 순순히 당할 내가 아니니까요.'

그렇게 송 부장이 모든 거래 조건을 읊었고 그 거래 조건들이 기입된 계약서가 정호 앞에 놓였다.

계약서를 보며 정호가 물었다.

"이 계약으로 제가 얻는 것은 무엇입니까?"

송 부장이 실실 웃으며 투명한 비닐에 들어 있는 흉기를 들어 보이며 대답했다.

"먼저 한유현의 목숨. 그리고 오 이사님이 용 피디를

죽였다는 결정적인 증거가 될 이 흉기."

정호가 낭패감이 어린 표정을 지으며 말했다.

"계약…… 하겠습니다……."

"으하하, 당연히 하셔야지요."

정호는 계약서와 함께 놓여 있던 펜을 들었다.

펜을 든 채 잠시 망설이는 듯하더니 송 부장에게 물었다.

"한 가지 부탁만…… 들어줄 수 있겠습니까……?"

"오오, 이런 상황에서 부탁을? 으하하하, 좋지요. 들어보죠. 죽은 사람의 소원이라고 생각하면서."

정호가 벌게진 얼굴을 한 채 물었다.

그 모습은 흡사 화가 나서 흥분한 모습처럼 보였다.

"너무 분해서 그런데…… 청월의 심어둔 끄나풀의 이름을 알려줄 수 있겠습니까?"

송 부장은 고민하는 척하더니 이름을 말해줬다.

어차피 이 일이 마무리되면 그 끄나풀을 더 이상 청월에 남겨둘 수 없었다.

어지간하니 무능하지 않는 한 시간이 꽤 오래 걸리더라도 청월에서 끄나풀이 누군지 끝내 알아낼 테니 말이다.

그런 까닭에 송 부장의 순순히 끄나풀의 정체를 밝힐 수 있었다.

"최우석. 청월에 심어둔 내 사람의 이름은 최우석입니다. 으하하하, 전혀 예상도 못 했죠?"

물론 예상할 수 없었다.

처음 들어보는 이름이었기 때문이었다.

'이전의 시간에서도 이런 식으로 사람을 심어둔 거냐, 한경수?'

정호는 새삼스럽게 한경수를 저주하며 들고 있던 펜을 탁, 하고 계약서 옆에 내려놓았다.

송 부장이 물었다.

"이게 뭐 하는……."

하지만 송 부장은 끝내 말을 잇지 못했다.

바뀌어 버린 정호의 표정이 눈에 들어왔기 때문이었다.

송 부장이 속으로 놀랐다.

'눈빛이 무슨…….'

그랬다.

정호의 눈빛은 지금까지와 너무나도 달랐다.

방금까지만 해도 정호는 맹수를 앞에 둔 먹잇감 같았는데 지금은 반대로 정호가 마치 먹잇감을 바라보는 맹수처럼 보였다.

정호가 그런 맹수의 눈빛으로 송 부장을 바라보며 말했다.

"송희준이 잘 들어라. 이 한경수의 애완견아."

갑자기 바뀐 정호의 태도에 송 부장이 당황하여 반문했다.

"뭐……?"

하지만 정호는 아랑곳하지 않고 말을 이었다.

"이제 곧 너는 내가 한 말을 기억도 못 하겠지만 이 말은 꼭 해둬야겠다. 이번 일까지 포함해 나는 내가 받은 모욕을 모두 기억하고 있다. 그것도 아주 속속들이. 알고 있나, 이 개새끼야?"

잠시 눈빛만으로도 기가 눌렸던 송 부장이 발악하듯 외쳤다.

"뭐야? 너 미쳤어, 오 이사!"

하지만 정호는 끝까지 자신의 준비한 말을 했다.

"그러니 곧 너와 너를 기르는 주인에게 모든 모욕을 백 배로 돌려주겠다."

그러고는 송 부장을 향해 정호가 퉤, 하고 침을 뱉었다.

정호의 침은 정확히 송 부장의 한쪽 눈에 맞았다.

"이런 미친!"

결국 송 부장이 폭발했고 검은 양복의 사내들이 뒤늦게 상황을 파악하고 정호에게 달려들었다.

한유현은 걱정과 경악이 섞인 표정으로 정호와 검은 양복의 사내를 바라봤다.

그때였다.

정호의 머릿속으로 오랫동안 잊고 있었던 목소리가 들린 것은.

—시간을 결제하시겠습니까?

◇ ◆ ◇

　―결제되었습니다. 당신이 원하는 시간을 얻습니다.

　[결제한 포인트 : 10,080 / 남은 포인트 : 142,430]

　정호는 과감하게 일주일의 시간을 결제했다.

　어차피 어느 정도의 궤도에 오른 후로 급격하게 쌓이기만 할 뿐 쓸 일이 없는 포인트였다.

　그만큼 그동안 정호는 시간을 돌릴 정도로 하루를 후회하면서 산 적이 없었다.

　'하지만 이번에는 아니지. 놓치고 있었던 부분이 너무 많아. 후회가 될 정도로. 청월에 코끼리팩토리의 끄나풀이 숨어 있을 줄이야……'

　미처 생각하지 못한 부분이었다.

　청월은 정호의 체감보다 급속도로 성장하고 있었고 그에 따라 다른 소속사들이 청월을 강력한 경쟁상대로 생각한다는 걸 미처 깨닫지 못했던 탓이었다.

　'생각한 것보다 많은 견제를 받고 있었군. 정치계와 큰 연결점이 없어서 아직까진 괜찮은 줄 알았는데……'

　아직까지 정치계에서 영향력을 발휘하지 않은 것은 사실이지만 그렇다고 해서 정호가 세상에 아무런 영향력을 발휘하지 않은 것은 아니었다.

　장난스럽게 시작된 문화왕이라는 별명에서도 알 수 있듯이 정호는 문화계 전반에 엄청난 영향력을 끼치고 있었고

매니지먼트의
제왕 6

그로 인해 경쟁업체를 비롯한 많은 권력자들의 주목 대상이 된 상태였다.

'이제부터 조심해야겠어.'

정호는 경각심을 일깨웠다.

확실히 이런 상황이라면 조금 더 조심스럽게 모든 일에 접근할 필요가 있었다.

'그나저나 한경수도 대단하군. 벌써 청월에 끄나풀을 숨겨뒀을 줄이야.'

정호는 이전의 시간에서도 한경수가 청월에 끄나풀을 심었다는 것을 알지 못했다.

그러다 보니 끄나풀의 존재를 알고 굉장히 놀란 상태였다.

'아마 다른 경쟁업체에도 이런 식으로 끄나풀을 심어놓았겠지. 어쩐지 정보를 얻는 속도가 남다르다더니. 역시나 이런 쪽으로는 머리가 비상한 놈이야.'

정호는 이렇게 생각을 정리하며 이사실의 수화기를 들었다.

예중태와 김 피디를 만나기 전에 청월의 내부부터 단속할 필요가 있었다.

"네, 서 비서. 한 시간 후에 모든 팀장 이상급 인사들을 임원회의실로 모이게 해주세요. 긴급회의입니다."

"알겠습니다, 이사님."

정호는 전화를 끊고 그길로 바로 윤 대표를 찾아갔다.

"무슨 일인가? 자네가 이렇게 다급히 방으로 다 찾아오고?"

"저희 회사에 배신자가 있습니다."

정호가 씹던 것을 뱉듯이 던진 말에 윤 대표가 놀라 자리에서 벌떡 일어났다.

"뭐라고?"

"그자를 정리하고 싶습니다. 힘을 주십시오."

◇ ◆ ◇

청월의 모든 임원진이 모인 회의실의 분위기는 평소보다 무거웠다.

그럴 수밖에 없었다.

총괄매니지먼트부 2팀의 전임 팀장이었던 강 부장으로 인해서 회사가 흔들렸던 게 불과 몇 년 전의 일이었다.

그때의 충격을 간신히 이겨내고 이만큼의 성장을 이룩해 냈는데 또다시 배신자라니…….

회의실에 모인 임원진들은 저마다 다른 방식으로 놀라고 있었다.

무거운 침묵을 깨고 정호가 입을 열었다.

"여러분들이 충격을 받았다는 건 압니다. 하지만 무작정 최우석 사원을 내쫓을 수도 없는 상황입니다."

불같은 성격의 최 이사가 끼어들었다.

"뭘, 내쫓을 수 없습니까? 당장 내쫓아야지요, 오 이사!"

마찬가지로 한 성격하기로 유명한 총괄매니지먼트부 1
팀의 양 부장도 나섰다.

"최 이사님의 말이 맞습니다. 총괄매니지먼트부 1팀에
그런 놈이 있었다는 것부터가 수치라고 생각합니다! 저도
이런 일을 책임지고 벌을 달게 받겠습니다!"

공석에서 놈 소리가 절로 나올 정도로 양 부장이 흥분을
한 상태였다.

보다 못한 윤 대표가 큼큼 헛기침을 했다.

그제야 너무 흥분했다는 사실을 깨닫고 두 사람이 입을
다물었다.

분위기가 진정되자 윤 대표가 말했다.

"두 사람의 마음은 알겠네. 하지만 아무리 배신자라고
해서 회사의 직원을 그냥 내보낼 수는 없어. 법이 그렇고,
회사의 기강이 그래."

윤 대표의 말에 회의실에 모여 있던 다른 사람들이 고개
를 끄덕였다.

맞는 말이었다.

적당한 명분도 없이 회사의 직원을 내보낸다면 분명 큰
파장이 일어날 게 분명했다.

노조 결성을 막지 않음에도 불구하고 자발적으로 직원들
이 노조 결성을 하지 않는 기업이 바로 청월이었다.

하지만 만약 아무런 명분도 없이 회사의 직원 하나를 그

냥 내보냈을 경우 직원들의 마음이 틀어질 수 있었다.

또한 그럴 경우, 사사건건 회사의 일에 트집을 잡는 노조가 결성될 수도 있는 일이었다.

노조가 결성되는 건 나쁜 일이 아니었지만 직원들의 마음이 틀어져 버리는 건 분명 좋지 않은 일이었다.

정호가 윤 대표의 말을 받았다.

"뿐만 아니라 최우석이 코끼리팩토리의 *끄나풀*이라는 걸 잊으면 안 됩니다."

최우석이 회사의 정보를 코끼리팩토리에 제공했다는 걸 증거와 함께 공개적으로 밝힌다면 회사 직원들의 마음은 틀어지지 않을 것이다.

최우석이 코끼리팩토리에 정보를 제공한 증거를 구하는 것도 마음만 먹으면 어렵지 않을 것이 분명했고.

하지만 최우석의 만행을 공공연하게 밝히기는 어려운 상황이었다.

최우석이 다름 아닌 코끼리팩토리의 *끄나풀*이었기 때문이었다.

불과 몇 년 전까지만 해도 코끼리팩토리가 어떤 소속사인지 알려지지 않았지만 최근 몇 년간 코끼리팩토리에 대한 확실한 소문이 돌고 있는 상황이었다.

바로 코끼리팩토리가 재벌 2세가 만든 기업이며 동시에 정치계와 밀접한 연관이 있다는 소문이었다.

몇 차례 코끼리팩토리라는 벌집을 잘못 건드렸다가 호되게

당한 소속사들이 있었기 때문에 이 소문은 금세 사실로 판명 났고, 어떤 일이 있어도 코끼리팩토리는 건드려서는 안 되는 기업으로 유명해졌다.

정치계와 일부러 거리를 두고 있는 청월도 마찬가지였다.

괜히 코끼리팩토리를 건드렸다간 큰 타격을 받을 수 있었다.

차라리 대기업을 상대하는 게 나았으면 나았지, 정치계를 상대하는 건 아직 청월로서는 무리였다.

그건 정치계와 깊은 악연이 있는 연예계 전체가 잘 알고 있는 사실이었다.

"아고고…… 그렇다면 어떻게 해야 할까요~?"

홍보팀의 권 팀장이 앓는 소리를 내며 물었다.

그리고 정호는 당연히 답을 가지고 있는 상황이었다.

정호가 고개를 돌려 총괄매니지먼트부 3팀의 팀장, 민봉팔을 바라봤다.

"민 팀장님?"

생각에 빠져 있다가 갑자기 호명된 민봉팔이 놀라서 대꾸했다.

"응? 아…… 아니, 네?"

정호가 씨익, 웃으며 민봉팔에게 부탁했다.

"민 팀장님이 최우석 사원 좀 맡아주지 않겠어요?"

정호의 말에 민봉팔이 후 하고 한숨을 쉬었다.

그러고는 대답했다.

"물론이죠……. 궂은일은 언제나 저의 몫이니까요…….
마침 아웃라이더의 담당 매니저가 필요했는데 어떠세요?"

민봉팔의 생각을 정호가 칭찬했다.

"아웃라이더라……. 아주 좋은 아이디어군요."

7장. 죽은 목숨, 질긴 목숨

최우석은 회사 인트라넷을 확인 중이었다.

갑작스럽게 인사 공문이 내려왔다.

신입부터 입사 2년 차 매니저들이 대거 이동했고 거기에는 자신의 이름도 있었다.

자연스럽게 의심이 갔다.

'뭐지……? 설마 들킨 건가……? 그럴 리가 없는데……?'

들켰을 수도 있었다.

하지만 들켰으면 어떤 낌새 같은 것이 보여야 하기 마련인데 그런 게 전혀 없었다.

그렇다고 딱히 실수한 부분이 있는 것도 아니었다.

실제로 자신이 코끼리팩토리에 넘긴 정보들은 대부분 쓸모가 없는 것들이었다.

그럴 수밖에 없는 게 자신은 아직 입사 2년 차 사원 딱지를 떼지 못한 말단 직원이었다.

'휴…… 좋은 정보를 넘겨야 내 자리가 보장될 텐데…….'

최우석은 원래 코끼리팩토리의 직원이었다.

정확하게는 코끼리팩토리의 심부름을 하는 주먹들이 모인 기업의 직원이었는데, 청월에서 딱 5년만 고생하고 돌아오면 높은 직책을 주겠다는 달콤한 조건을 받아들여 청월에 입사한 상태였다.

하지만 최우석은 이렇다 할 성과를 내지 못하고 있었고 압박을 받고 있는 중이었다.

특히 홍대 예술 마을의 정보를 미리 캐내지 못한 것이 결정적으로 작용하고 있었다.

'어쩔 수 없었어……. 오 이사, 그 자식이 너무나도 늦게 청월의 직원들을 동원했다고……!'

최우석으로서는 억울한 일이었지만 이런 억울함을 코끼리팩토리가 알아줄 리가 없었다.

그래서 최우석은 최근 압박감에 시달리고 있었는데 그때마침 이런 공문이 내려온 것이었다.

'흠…….'

최우석이 인사 공문의 스크롤을 내리며 자세히 살펴봤다.

동시에 의심할 만한 부분이 있는지 생각해 봤다.

'없다······.'

확실히 의심할 부분은 없었다.

최근의 흐름도 그랬고 인사 공문도 그랬다.

특히 인사 공문은 오 이사의 새 직책 발령 이후 끊임없이 시도되고 있던 각 팀의 총괄매니지먼트부를 하나로 뭉치게 하기 위한 하나의 방책처럼 보였다.

'그런 이유를 대고 있고 실제로 그렇게 인사를 이동했군······.'

최우석은 의심을 지우고 송 부장에게 인사 공문 소식을 전하려다가 말했다.

괜한 소식을 전했다고 또 한소리를 들을 것 같았기 때문이었다.

'내가 새롭게 발령받은 곳은 청월 최고의 팀이라고 총괄매니지먼트부 3팀이다······. 여기라면 분명 좋은 정보를 얻을 수 있을 거야······. 좋은 정보를 얻어서 명예 회복을 하자······!'

내심 이런 계산이 깔려 있기도 했다.

하지만 최우석의 생각처럼 일이 돌아가지는 않았다.

"네? 아웃라이더의 매니저를 맡으라고요?"

민봉팔의 지시를 듣고 최우석이 반문했다.

민봉팔은 아무렇지도 않다는 듯 대답했다.

"왜, 싫어?"

"아, 아니…… 그런 건 아닙니다."

제법 카리스마 있는 총괄매니지먼트부 3팀의 팀장이 된 민봉팔이었기 때문에 민봉팔의 한마디에 최우석은 한발 물러날 수밖에 없었다.

그러고는 속으로 생각했다.

'아웃라이더는 안 되는데…….'

아웃라이더에게 딱히 문제가 있는 것은 아니었다.

다만 아웃라이더는 총괄매니지먼트부 3팀에 소속된 보통의 다른 연예인들에 비해 회사 자체로 들어올 일이 자주 없는 연예인 중에 하나였다.

대부분 낮에는 회사 밖에 마련된 개인 작업실에서 작업을 했고 밤이 되면 홍대의 술집 '허브'로 가서 술을 마셨기 때문이었다.

아웃라이더는 규칙적으로 이런 생활을 반복하는 편이었다.

심지어 새 앨범에 대한 이슈도 딱히 없었다.

그러다 보니 아웃라이더는 회사 출입이 적었고 그만큼 아웃라이더의 담당이 된다면 청월의 정보를 얻기가 힘들어질 것이 분명했다.

'이러면 안 되는데……. 게다가 아웃라이더가 어떤 인물인지 알려진 바가 너무 없다…….'

보통의 규칙적인 생활을 하는 연예인이라면 딱히 언제나 함께할 필요는 없었다.

그렇다면 아웃라이더를 작업실에 두고 회사로 자주 출근하여 정보를 얻을 수도 있었다.

하지만 만약 아웃라이더가 그러길 원하지 않는다면 최우석은 꼼짝없이 아웃라이더 곁에 있어야 했다.

딱히 일이 없더라도 언제나 옆에 담당 매니저가 있기를 바라는 연예인들이 더러 있었기 때문이었다.

'아웃라이더는 어떻게 하길 바랄까⋯⋯.'

◇ ◆ ◇

인사 공문이 내려오고 최우석이 아웃라이더의 담당을 맡은 지 4일이라는 시간이 지났다.

나흘간 최우석은 아웃라이더가 어떤 인물인지 알았다.

'최악이다⋯⋯.'

이런 평가를 내릴 수밖에 없었다.

우선 아웃라이더는 언제나 담당 매니저를 옆에 끼고도는 스타일이었다.

딱히 할 일이 없는데도 반드시 아침에 일어나면 자신부터 찾았다.

"어디 계십니까?"

"저요? 저는 지금 회사로 출근 중인데요?"

"작업실로 바로 와주세요. 신곡을 썼는데 어떤 반응일지 궁금하네요."

아웃라이더는 나흘간 하루도 빠짐없이 아침마다 이런 연락을 해왔고 최우석은 울며 겨자 먹기 식으로 매번 차를 돌려 최우석의 작업실로 향했다.

"팀장님, 저 아웃라이더 사무실로 바로 출근하겠습니다."

"어어, 그렇게 해. 원래 아웃라이더가 곡 쓸 때 예민하니깐 좀 이해해 주고."

민봉팔마저도 이렇게 말하니 할 말이 없었다.

두 번째로 아웃라이더는 짜증이 많은 편이었다.

곡 작업을 하는 낮 시간 내내 짜증을 부렸고 곡이 안 써진다는 신세한탄을 달고 살았다.

한숨도 어찌나 쉬는지 아무것도 하지 않고 옆에 앉아 있는 최우석이 괜히 불편한 마음이 들 지경이었다.

그렇다고 최우석에게 화를 내는 일은 없었지만 마음이 무겁고 답답한 것은 어쩔 수가 없었다.

"휴…… 이 곡 좀 들어봐 주세요……."

아웃라이더가 이런 제안을 하면 최우석이 대답했다.

"그, 그럴까요?"

그리고 곡을 들은 뒤, 최우석이 말했다.

"조, 좋은데요?"

하지만 최우석의 대답에 아웃라이더가 단호하게 고개를 저었다.

"아니에요. 이건 쓰레기예요."

매번 이런 식이니 최우석으로서는 죽을 맛이었다.

물론 아웃라이더가 진짜 이런 사람인 것은 아니었다.

그저 민봉팔의 부탁을 받고 이렇게 행동하고 있을 뿐이었다.

마지막으로 아웃라이더는 술을 너무나도 좋아했다.

낮에 곡 작업을 하고 나면 어김없이 아웃라이더는 최우석에게 제안했다.

"술 한잔하러 갈래요? 연예인과 매니저 사이의 친목도모를 위해?"

첫날은 그럭저럭 같이 어울려서 술을 마셨다.

아웃라이더의 말대로 친목도모를 할 필요가 있었다.

오래 청월에 남아 코끼리팩토리로 정보를 빼내려면 말이다.

하루 동안 마시는 술의 양이 혀를 내두를 정도라 기겁하긴 했지만 어차피 하루뿐이었다.

친목도모를 위해 하루 정도는 희생할 의향이 있었다.

하지만 문제는 그게 하루뿐이 아니라는 사실이었다.

"하루 가지고 되겠어요? 연예인과 매니저가 정말 친해지려면 이틀은 술을 마셔야죠."

"어제는 참 즐거웠어요. 정말 우석 씨랑 친해진 것 같은 기분이었다고나 할까요? 그런 의미에서 오늘도 같이 달려줄 거죠?"

"진짜 고민이 있어서 그럽니다. 마지막이에요…… 오늘

딱 한 잔만 같이 해주면 안 될까요?"

이런 식으로 최우석은 나흘간 술을 온몸에 때려 부었고 거의 반시체가 되다시피 매일 아침 일어나 아웃라이더 사무실로 출근해야 했다.

더 열이 받는 것은 그렇게 출근을 하면 아웃라이더는 아주 멀쩡한 모습으로 곡 작업을 하고 있다는 것이었다.

그러고는 출근한 최우석에게 물었다.

"우석 씨, 이 곡 좀 들어봐 줄래요?"

곡을 다 듣고 난 후, 숙취로 반쯤 시체가 된 최우석이 기계적으로 대답했다.

"좋네요."

그럼 아웃라이더가 멀쩡한 얼굴로 대답했다.

"그래요? 잘됐네요. 이 곡을 담아둔 CD가 있는데 그것 좀 가져가서 분리수거 좀 해주세요. 사실 이 곡은 쓰레기거든요."

최우석으로서는 미칠 노릇이었다.

◇ ◆ ◇

최우석이 나흘 만에 이런 생활에 대한 환멸을 느끼고 있을 때였다.

문득 갑자기 의심이 들었다.

'그러고 보니 수상하다……. 이렇게 된 과정이 너무나도

공교로워…….'

최우석은 재빠르게 어디론가 전화를 걸었다.

평소 친하게 지내던 총괄매니지먼트부 1팀의 동기에게 건 전화였다.

"어, 요즘 어떻게 지내? 나는 죽을 맛이다……. 도무지 밖을 나가지 못해……."

최우석이 전화를 걸어 자연스럽게 신세한탄을 하자 동기가 물어왔다.

"왜 심해? 아웃라이더가 까탈스러워?"

"장난 아니야. 소문이 안 나서 그렇지 소속 연예인이 순하기로 유명한 총괄매니지먼트부 3팀에 이런 놈이 있을 줄 몰랐다니깐……."

최우석의 말을 동기가 농담으로 받아들이며 웃었다.

"하하하. 야, 그래도 넌 괜찮은 거야. 너는 아웃라이더 담당이라고 그저께 수색에 빠졌잖아."

"수색? 무슨 수색?"

"아, 너 몰랐어? 조금 한가하다 싶은 동기들은 전부 오 이사한테 소환돼서 인천의 연안 부두를 뒤지는 데 투입됐거든. 그래봐야 다섯 명밖에 안 되긴 했지만. 누굴 찾아야 한다나 뭐라나……."

"누굴 찾았다고?"

동기의 말을 듣고 번개처럼 뭔가가 최우석의 머릿속을 스쳐 지나갔다.

그러고 보니 코끼리팩토리의 송 부장으로부터 한 가지 소식이 전해진 상태였다.

MBS에 소속된 용 피디의 소재를 확인하고 있으니 소재를 알고 있는 사람은 신속하게 연락을 하라는.

'설마…… 정말 정체를 들킨 건가…….'

최우석은 서둘러 동기와의 통화를 마무리 짓고 송 부장에게 연락을 넣으려고 했다.

그때였다.

송 부장으로부터 먼저 전화가 걸려왔다.

"네, 부장님."

"야 이 새끼야! 일을 어떻게 처리하는 거야! 당장 티비 틀어봐!"

최우석은 일이 잘못 돌아가고 있다는 생각을 하며 송 부장의 지시대로 티비를 틀었다.

아웃라이더는 방음이 잘되는 지하실에서 작업을 했기 때문에 거실에 놓인 TV를 트는 것은 별로 어렵지 않은 일이었다.

최우석은 빠르게 티비의 채널을 훑었다.

그리고 어렵지 않게 송 부장이 왜 화가 났는지 알 수 있었다.

"저는 MBS 사장의 사주를 받아 언론 조작에 가담했음을 밝힙니다. 저는 지금껏 줄곧 MBS 사장으로 인한 위협을 피하기 위해 인천의 연안 부두에 숨어 있었으……."

용 피디가 멀쩡하게 특집 방송에 나와 기자회견 비슷한 것을 열고 있었기 때문이었다.

전화기 너머로 송 부장의 목소리가 넘어왔다.

"봤어? 보이냐? 지금 상황이 어떻게 돌아가는지 알겠어?"

"아, 알겠습니다……."

"그럼 그것도 사실이야? 청월이 얼마 전에 인천의 연안 부두를 수색했다는 소문?"

"네, 네…… 사실입니다……."

"왜 보고 안 했어?"

"그…… 그게……."

"왜 보고 안 했냐고, 새끼야아아아!"

송 부장이 호통을 쳤고 최우석은 살아남기 위해 최선을 다해서 변명했다.

"아, 그게. 오해입니다. 청월에서 제 정체가 들통 난 것 같습니다. 갑자기 저를 다른 팀으로 발령 내더니 이상한 연예인의 담당을 맡기고 자기들끼리 수색에 들어갔습니다. 그래서 저는 정말 그 소식을 알 수가 없었습니다."

"정체를 들켰기 때문에?"

"네……."

"그딴 변명이 통할 것 같아?"

"죄송합니다……."

"아니야, 죄송할 것 없어. 어차피 너나 나나 둘 다 죽은 목숨이거든."

"그게 무슨……?"

송 부장이 뭔가를 포기한 듯한 목소리로 대답했다.

"한 이사님이 지금 너랑 나를 호출했다."

최우석은 왜 송 부장이 '죽은 목숨'이라고 표현했는지 알 것 같았다.

변명도 죄송한 마음도 전혀 필요 없었다.

한경수가 분노한 이상 둘은 정말 '죽은 목숨'이었다.

8장. 인피니트 챌린지

최우석의 눈을 가리는 데 손쉽게 성공한 정호는 시간을 되돌리기 전과 같이 움직였다.

먼저 기사를 냈고 김 피디를 만나 특집 시사 프로그램의 편성을 부탁했다.

또한 예중태에게 시사 프로그램의 방영 즉시 이외에 확보된 물증들을 기사를 통해 공개하도록 부탁을 해놓았다.

물론 이 증거들은 용 피디가 존재한다는 가정 하에만 효과를 발휘할 수 있는 것들이었다.

그리고 정호는 용 피디를 찾아갔다.

어느 컨테이너에 숨어 있는지 알고 있었기 때문에 많은 인력을 동원할 필요도 없었다.

만약의 사태를 대비한 열 명 정도의 인원이면 충분했다.

또한 용 피디를 설득하는 일도 훨씬 수월했다.

정호는 이미 누군가를 설득하고 회유하는 데 능숙한 협상의 전문가였다.

같은 상황에서 이미 한 번 설득한 바 있는 용 피디를 설득하는 게 쉽지 않을 리가 없었다.

"어떻습니까? 방송에 나가서 MBS 사장이 자신에게 지시를 내렸다고 폭로해 주시겠습니까?"

용 피디는 굳은 표정으로 대답했다.

"그러겠습니다……. 그게 제가 살 길이라면 말이죠……."

용 피디의 결심이 충분히 느껴졌지만 정호는 잊지 않고 한마디를 덧붙였다.

이런 결심이 면죄부가 되어서는 안 된다고 생각했기 때문이었다.

"그렇다고 해서 용 피디님의 잘못이 사라지는 건 아닙니다. 알고 계시죠?"

용 피디가 고개를 숙이며 대답했다.

"물론입니다……. 벌은 살아서 달게 받겠습니다……. 살 수만 있다면요……."

정호는 대답 대신 고개를 끄덕였다.

용 피디는 이전과 마찬가지로 홍대 예술 마을에 몸을 숨겼다.

최우석이 용 피디가 여기에 숨어 있는지를 몰랐기 때문에 그럴 필요까지는 없었지만 미리 대비한다는 마음으로 하기진에게 입이 무겁기로 소문난 경호업체를 소개받아 경호 인력을 고용하여 용 피디를 보호했다.

총 열 명의 최고급 경호 인력들이 용 피디의 집 주변에 대기했다.

그러자 확실히 든든하다는 생각이 들었다.

'구형서나 이대협과는 비교할 수 없는 든든함이군.'

이전 시간의 교훈으로 현장의 안전함까지 확인한 정호가 그제야 움직여 김 피디와 예중태를 만났다.

내일 있을 특집 시사 프로그램을 구성하고 외부에 내보낼 기사들을 전략적으로 정리하기 위함이었다.

청월에 마련한 임시회의 장소에 정호가 모습을 드러내자 김 피디가 물어왔다.

"용 피디님의 신병을 확보했습니까?"

용 피디를 누구보다도 원망하는 김 피디였지만 그래도 선배라고 꼬박꼬박 '님' 자를 붙이고 있었다.

"네, 안전한 곳에 믿을 만한 사람들을 붙여서 보호 중입니다."

정호의 말에 김 피디가 안도의 한숨을 쉬었고 예중태는 당연하다는 듯 고개만 끄덕였다.

예중태에게 있어서 정호의 이런 일 처리 능력은 새삼스러울 것도 없었다.

그만큼 정호를 믿는 예중태였다.

그런 예중태를 보며 정호가 생각했다.

'김 피디님도 곧 저렇게 내 사람이 될 수 있을 거다. 이번 일만 잘 정리한다면……'

정호가 생각을 정리한 뒤 입을 열었다.

"그럼 회의를 시작하죠."

◇ ◆ ◇

다음 날, 김 피디는 MBS 시사교양국 사람들과 특집 방송에 대한 추가 회의를 했다.

회의라고 해봐야 전날에 정호, 예중태와 함께 정리했던 내용을 다시 읊는 수준에 불과했다.

물론 모인 사람들이 방송국 피디들이었기 때문에 연출적인 문제는 이 회의를 통해서만 해결이 가능했지만.

어쨌든 그렇게 순식간에 회의가 끝났고 특집 시사 프로그램이 준비됐다.

프로그램 준비는 어렵지 않았다.

시사교양국장이 이번 퇴진 요구 파업에 합류하기로 얘기가 끝난 상태였기 때문에 스튜디오, 장비, 그리고 편성까지 모든 것은 손쉽게 준비됐다.

다만 방송을 생방송으로 내보내야 하는 어려움이 조금 있을 뿐이었다.

가장 마지막으로 퇴진 요구 파업팀에 합류하기로 한 시사교양국의 양 피디가 그 모습을 보며 고개를 절레절레 저었다.

'김 피디가 인물은 인물이군. 이런 방송을 생각하고 있었을 줄이야. 심지어 모두가 힘을 합쳐 이런 깜짝 도둑 방송을 직접 준비하게 되다니.'

그랬다.

이건 진짜 '깜짝 도둑 방송'이었다.

아무리 회사 내에 많은 사람을 심어놓은 MBS 사장이라고 할지라도 이런 깜짝 방송이 준비되고 있을 줄은 꿈에도 모를 것이다.

'그럼 나도 힘내서 방송을 도와볼까…….'

이렇게 생각하며 양 피디가 소리쳤다.

"이것들아, 생방송 때도 그렇게 굼뜨게 움직일 거야! 서둘러 준비하자, 서둘러!"

한편 표면적으로는 이 방송을 모두 은밀하게 기획하고 용 피디의 신병까지 확보했다고 알려진 김 피디는 속으로 놀라고 있었다.

'오 이사님이라…….. 도대체 정체를 알 수 없는 사람이군. 어떻게 모든 걸 이 정도로 완벽하게 준비하고 추진할 수 있는 것이지? 역시 소문대로인가…….'

대한민국 최고의 방송 연출자로 통하는 김 피디였지만 이번에는 정호의 능력에 놀라지 않을 수가 없었다.

이런 일이 정말 가능하리라고는 생각하지 않았기 때문이었다.

'심지어 이건 시사 프로그램 방송이다. 다시 말해서 파업과는 다르게 어떤 복잡한 절차도 필요하지 않다는 뜻이지.'

김 피디가 무엇보다 놀란 점은 바로 시사 프로그램의 장점을 정호가 떠올려 활용했다는 것이었다.

보통의 파업은 찬반투표부터 쟁의행위 신고까지 복잡한 과정을 거쳐야 했다.

그리고 그 과정에서 어쩔 수 없이 최소 한 달 전 정도에는 MBS 사장의 귀로 파업 사실이 들어갈 수밖에 없었고 그 순간 MBS 사장이 증거 인멸의 시도를 하리란 건 불 보듯 뻔한 사실이었다.

하지만 시사 프로그램은 그런 위험성이 없었다.

보통의 경우라면 파업보다 시사 프로그램이 파급력이 없겠지만 이렇게 확실한 증거와 증인이 있는 상황이라면 특별한 절차가 없는 시사 프로그램이 훨씬 좋았다.

물론 정호 이전에 이 시사 프로그램 폭로라는 걸 아무도 생각하지 못했지만.

'정말 대단하군. 정말 대단한 사람이야. 오 이사님은……'

벌써 방송의 성공을 직감하고 김 피디가 속으로 감탄했다.

MBS 사장이 벌써 파업의 낌새를 눈치 챘다는 걸 알고 정호가 이런 행동을 했다는 사실을 알면 더 놀랄지도 모를 김 피디였다.

정호는 방송 한 시간 전에 용 피디를 태워 MBS가 있는 상암동으로 이동했다.

용 피디는 전날에 작성하여 전달받은 대본을 다시 암기하느라 바빴다.

시사 프로그램이 시작되면 긴장을 해서 대답하지 못할 거라 생각한 용 피디가 요청한 대본이었다.

그리고 이 대본은 이런 쪽 작문에 일가견이 있는 예중태의 도움을 받아 작성했다.

"⋯⋯제가 최초로 시청자들을 기만한 것은 4년 전 5월 27일 18시 경의 일입니다. 저를 저녁 식사 시간에 불러낸 MBS 사장 임보겸은 값비싼 중국집 코스 요리를 사준 뒤 저를 회유하였습니다⋯⋯."

다행히 용 피디는 카메라 앞에서 떨지 않고 외운 것을 그대로 시청자들에게 전달했다.

특집 시사 프로그램의 1부는 기자 회견과 같은 형식으로 이뤄졌기 때문에 대본을 확인하며 사건의 전말을 밝혀도 상관이 없었고 그런 까닭에 용 피디는 무사히 모든 정보를 시청자들에게 전달할 수 있었다.

1부가 끝나자마자 정호와 현장을 지휘했던 김 피디가 한 자리에 모여 시청률 추이와 온라인상의 반응을 확인했다.

폭발적이었다.

시청률은 간신히 10퍼센트대를 넘겼지만 온라인상에서는 이미 실시간 검색어 1위를 차지하는 등 대단한 반응을 이끌어내고 있었다.

또한 각종 SNS에서 예중태가 방송과 함께 내보낸 기사들을 퍼 나르느라고 정신이 없을 정도였다.

미리 성공을 예감했음에도 불구하고 굉장한 반응이 나오자 김 피디가 믿지 않는다는 듯 중얼거렸다.

"성공이군요……."

정호가 씨익, 웃으며 대답했다.

"아직 모르죠. 2부에서 더 힘을 냅시다. 더 큰 이슈가 될 수 있도록."

특집 시사 프로그램의 2부는 질의응답 형식으로 이뤄져 있었다.

퇴진 요구 파업에 동의했던 각 국의 피디들이 모여서 용 피디를 향해 공청회처럼 질문을 쏟아냈고 용 피디가 그 질문에 대답하는 방식이었다.

물론 어느 정도 대본이 존재했다.

모든 것을 밝히기로 마음을 먹은 용 피디가 당황해서 대답을 하지 못하거나 답변을 회피하면 방송사고가 생길 수도 있었기 때문이었다.

하지만 그렇다고 해서 용 피디에게 호의적인 질문만 있는 것은 아니었다.

돌발적으로 용 피디에게 잘못을 묻는 피디들도 있었다.

동료 피디로서 용 피디의 배신이 누구보다 고까웠기 때문이었다.

"어째서 이런 짓을 벌인 거죠? 선배 피디로서 부끄럽지도 않습니까? 이렇게 하면 혹시 죄가 가벼워질 거라고 생각하는 겁니까?"

다행히 용 피디는 이미 모든 걸 포기한 상태였다.

목숨만 부지할 수 있다면 죄를 달게 받고 평생을 속죄하면서 살아가기로 마음을 먹었다는 것이었다.

그런 까닭에 울분이 섞인 공격적인 질문에도 용 피디는 어렵지 않게 대답할 수 있었다.

"죄를 회피하거나 가벼워지기를 바라지 않습니다……. 오히려 죄에 대한 대가를 더 크게 치를 수 있다면 그럴 생각입니다……. 미안합니다……. 미안하다……. 내가 너희들을 실망시켰구나……."

용 피디에게 공격적인 질문을 날렸던 피디는 울컥해서 용 피디를 향해 눈물 섞인 비난을 쏟아내려다가 간신히 참았다.

용 피디의 눈에서 먼저 눈물이 흘렀기 때문이었다.

하지만 용 피디는 눈물조차 사치라고 생각했는지 금세 눈물을 훔치고 말했다.

"다음 질문 부탁드립니다."

이 모든 장면은 방송을 탔고 더 큰 파장을 일으켰다.

그리고 모든 방송이 끝났을 때 MBS 사장의 자진 퇴진을 요구하는 국민들의 목소리가 더할 나위 없이 뜨거워졌다.

◇ ◆ ◇

이 기세를 잇기 위해 퇴진 요구 파업팀이 파업을 위한 절차를 밟았지만 결과적으로 파업은 필요하지 않았다.

시청자들의 반응을 확인한 방통위에서 MBS 사장의 퇴진을 명령했고 압박을 이기지 못한 MBS 사장이 퇴진을 선언했기 때문이었다.

잠깐 방통위의 행동이 '초법적 행위'였다는 정치권의 비난이 있기도 했지만 MBS 사장의 퇴진 선언으로 그 부분은 큰 논란이 되지 않았다.

중요한 것은 MBS 사장의 퇴진이었기 때문이었다.

MBS 사장의 퇴진과 함께 새로운 사장이 취임했다.

청렴한 방송 연출자 생활을 해온 것으로 유명한 송정태라는 인물이 새로운 MBS 사장 자리에 올랐다.

김 피디의 스승과도 같은 사람이었고 모든 MBS 직원들이 존경하는 인물이었기 때문에 취임식은 환호 속에서 이뤄졌다.

정호로서도 좋은 일이었다.

김 피디와 강한 연결점이 있는 MBS의 사장이라면 정호에게도 큰 힘이 되어 줄 것이 분명했기 때문이었다.

모든 일을 무사히 끝내고 이사실에 앉아 있던 정호한테 전화가 걸려왔다.

김 피디였다.

"사장님께서 조만간 오 이사님을 한번 뵙자고 하시더군요."

정호가 흔쾌히 대답했다.

"물론이죠. 저야 언제든 환영입니다."

김 피디가 당연하다는 듯 말했다.

"제가 오 이사님이 이번 일에 얼마나 큰 공헌을 했는지 사장님께만 넌지시 전달했습니다."

"그랬군요."

코끼리팩토리의 견제를 걱정한 정호는 이번 일에 청월과 자신이 연결돼 있다는 것을 밝히지 않기 위해 노력했다.

코끼리팩토리의 최우석이 정호가 이번 일에 긴밀히 연결됐다는 사실을 눈치 챈 것 같지만 그건 추측에 불과했다.

게다가 예중태가 알아온 정보에 따르면 최우석은 변명 하나 제대로 대지 못하고 한경수의 분노를 받아 가산을 탕진하고 끈 떨어진 연 신세가 됐다고 했다.

'청월에서도 곧 내쫓기겠지……. 실제로 근무 태도 역시 무척이나 불성실해졌으니 명분은 이제 충분하다…….'

최우석의 존재까지 아는 것은 아니었지만 김 피디도

정호가 자신이 나섰다는 사실을 숨기길 원한다는 걸 알고 있었다.

그랬기에 MBS 사장에게만 이 사실을 전한 것이었다.

김 피디가 전화 통화를 마무리하며 말했다.

"그럼 언제든 연락 주십시오. 원할 때 힘이 되어드리겠습니다."

"말씀만으로도 감사합니다."

전화를 끊고 정호는 흐뭇한 미소를 지었다.

아직 확정적으로 확인하지는 못했지만 김 피디의 마음을 어느 정도 자신의 쪽으로 끌어당겼다는 걸 알 수 있었기 때문이었다.

그렇게 미소를 짓다가 정호는 하수아에게 전화를 걸었다.

하수아가 밝은 목소리로 정호의 전화를 받았다.

"오오! 오오오오! 오 이사님!"

정호가 하수아에게 물었다.

"수아야, 어디냐? 오늘따라 컨디션 부쩍 더 좋아 보이는데?"

정호의 말에 하수아가 노래하듯이 대답했다.

"인피니티 챌린지 촬영이 끝났으니 당연히 기분이 좋죠~"

어떤 방송 촬영보다도 인피니티 챌린지를 가장 좋아하는 하수아였다.

그리고 이게 정호가 MBS의 파업을 막은 결정적인 이유였다.

"그렇게 좋냐? 인피니트 챌린지가?"

"좋아요~ 하지만 질투하지 마세요~ 인피니트 챌린지
만큼 오 이사님도 좋아하니깐~"

하수아의 넉살에 정호가 피식, 웃었다.

본래라면 실패로 끝났을 MBS 사장 퇴진.

그 일을 성공시킨 게 보람 있는 도전이었다고 생각하면
서……

매니지먼트 제왕

9장. 너는 뭐 하니?

밀키웨이의 숙소.

모두가 개인 스케줄을 하기 위해 떠난 시각, 신유나는 혼자 점심을 먹는 중이었다.

밀키웨이 멤버들은 언제나 그랬듯이 바빴다.

하수아는 촬영일이 수요일로 정해져 있지만 거의 일주일 내내 촬영을 하는 인피니트 챌린지의 스케줄을 위해 자리를 비운 상태였고, 오서연은 새로 시작한 OST 작업을 위해서 열띤 회의를 진행 중이었다.

또 유미지는 아예 세계를 돌며 새로운 〈미스 하노이〉의 공연을 하는 중이었기 때문에 현재 어디에 있는지조차 알기가 힘들었다.

가장 최근에 받은 연락에 따르면 프랑스 어디쯤이라는 것 같았다.

신유나는 식탁에 홀로 앉아 잘 구운 토스트를 천천히 씹으며 생각했다.

'다들 바쁘네……. 나는 할 일이 없는데…….'

요즘 고민이 많은 신유나였다.

신유나의 고민은 다름 아닌 음악에 있었다.

최근 신유나는 자신도 모르게 이런 생각을 하게 됐다.

'이게 내가 정말 원하는 음악일까……? 지금까지 너무나도 흥행을 위해 달려오기만 한 것은 아니었을까……?'

예전에는 이런 생각을 하지 않았다.

그때는 성공만으로도 바빴다.

홀로 자신을 키워준 할머니가 돌아가신 이후, 신유나는 할머니의 은혜에 보답하기 위해선 성공을 해야만 한다고 굳게 믿었다.

그래서 최선을 다했고 정호와 멤버들의 도움을 받아 큰 성공을 이룰 수 있었다.

하지만 성공을 하고 나니 마음이 이상해졌다.

특히 닉 리먼드와의 공동 작업으로 세계적인 명성을 얻고 나자 모든 것이 조금 시들해진 기분이었다.

성공에 대한 의구심.

그것이 신유나를 끊임없이 괴롭혔기 때문이었다.

그러다가 최근에는 이런 생각에 이르렀다.

'할머니가 정말 나한테 바란 것이 성공이었을까⋯⋯?'

그리고 이런 생각을 하고 나니 정말 아무것도 하고 싶지가 않았다.

졸지에는 닉 리먼드가 두 번째 공동 작업 앨범을 내자고 제안했지만 그 제안마저 거절한 상태였다.

사실 신유나는 정말 일이 없는 게 아니라, 일을 안 하고 있는 것뿐이었다.

'뭘 해야 하는 걸까⋯⋯. 뭘 해야 할까⋯⋯.'

이런 생각을 하며 신유나는 다음 토스트를 먹기 위해 손을 뻗었다.

그러고 나서 뒤늦게 접시가 비었다는 걸 깨달았다.

'휴⋯⋯ 내 정신이야⋯⋯.'

신유나는 접시를 치우고 설거지를 한 뒤 고요한 숙소를 둘러봤다.

늘 이 시간이면 이렇듯 고요한 숙소였지만 오늘따라 괜히 더 허전하다는 생각이 들었다.

'언니들이라도 있었으면 떠들썩하고 좋았을 텐데⋯⋯.'

신유나는 이런 생각하다가 자신의 침대로 몸을 던지고 스마트폰을 뒤적였다.

그러고는 습관적으로 밀키웨이 멤버들의 이름을 검색해서 기사를 찾아보기 시작했다.

곡 작업을 하지 않을 때 신유나의 취미는 웹서핑이 유일했다.

그렇기 때문에 신유나의 이런 행동은 자연스러웠다.

신유나는 먼저 하수아의 이름을 검색했다.

인피니티 챌린지로 전성기를 구사하고 있는 하수아였기 때문에 최근 활약에 대한 기사가 많았다.

또한 댓글도 대다수 호의적이었다.

[하수아ㅋㅋㅋ 존웃ㅋㅋㅋㅋㅋ 오늘도 잘 웃고 갑니다ㅋㅋㅋㅋㅋ]

[양세준이랑 왜 이렇게 케미가 오지냐ㅋㅋㅋㅋㅋ 진짜 무슨 둘 다 또라이 같아ㅋㅋㅋㅋㅋㅋ]

[양세준은 근데 진짜 우리 수아한테 절해야 한다ㅎㅎ 우리 수아가 호감 이미지 만들어준 거잖아ㅎㅎㅎ]

[이번만큼은 유니버스 인정bb]

[아ㅋㅋㅋ 하수아 진짜 웃기네ㅋㅋㅋㅋ 하수아는 걸 그룹 아니고 진짜 예능인 같음ㅋㅋㅋ]

[그러나 심지어 초특급 걸 그룹 밀키웨이 멤버ㅋㅋㅋ 게다가 매일 미모 리즈 갱신ㅋㅋㅋ]

[하수아 이쁜 건 진짜 우주급 인정bb]

[수아도 이쁘지만 난 유나가 이쁘던데ㅠㅠ 요즘 근데 유나는 요즘 뭐 하지?]

[왜 뜬금없이 신유나 얘기?]

[뜬금없지만 진짜 궁금하다ㅇㅇ 신유나 뭐 함?]

기분 좋게 하수아의 칭찬 댓글을 읽던 신유나의 표정이 굳어졌다.

하수아의 기사에 자신을 뭐 하는지 묻는 팬들의 댓글이 끝도 없이 달렸기 때문이었다.

신유나는 휴 하고 한숨을 쉬며 다른 기사를 찾아봤다.

이번에는 오서연의 기사였다.

새로운 방영되는 KBS 드라마에 오서연이 OST를 담당하게 됐다는 소식이 전해졌다.

단순 참여가 아닌 OST 앨범 전체를 직접 프로듀싱한다는 것이 큰 의미가 있는 행보였다.

[오! 믿고 듣는 오서연 OST! ㅋㅋㅋ]

[대박ㅎㅎ 이제 곧 서연 언니 덕분에 제 귀가 또 즐겁겠군요! ㅎㅎㅎ]

[이번 KBS 드라마도 잘될 것 같던데 OST도 최고구나ㅋ ㅋㅋ 기대감 만빵! ㅋㅋㅋㅋ]

[솔직히 OST 덕분에 드라마가 성공할 것 같은 느낌임ㅇㅇ]

[하긴 오서연 OST라면 흥행은 따 놓은 당상이지ㅋㅋㅋ ㅋㅋ]

[아, 그래도 나는 오서연 솔로 앨범이 좋더라ㅋㅋㅋ 특히 그거 뭐더라? ㅋㅋㅋ 신유나가 피처링해준 노래 있었는데? ㅋㅋㅋㅋ]

[ㄴ런 오브 런이요ㅎㅎ 우리 서연이와 유나가 합작한 명곡이죠ㅎㅎㅎㅎ]

[역시나 이럴 때 빠지지 않는 유니버스 등판ㅋㅋㅋㅋ]

[근데 유니버스는 욕할 이유가 없음ㅇㅇ 댓글에서만

유난스럽지 사실 다른 팬에 비하면 진짜 신사 숙녀 여러분임ㅇㅇ]

[ㅋㅋㅋㅋㅋ신사 숙녀 여러분인 건 뭐냐?ㅋㅋㅋㅋㅋ]

[런 오브 런 명곡 인정bb 근데 요즘 신유나 뭐 함?]

[어, 그러네? 요즘 왜 신유나 안 보이지? 다른 멤버들은 다 열심히 활동하고 있던데?]

[헐…… 신유나, 소속사랑 불화설 있는 거 같던데 그것 때문일까요?]

신유나는 다시 한 번 인상을 썼다.

소속사와의 불화설이라니 말도 되지 않았다.

닉 리먼드가 제안한 공동 작업 앨범을 거절했을 때도 그 것에 관련하여 한마디도 하지 않았던 청월이었다.

누구보다도 신유나를 믿어주는 청월이었고 누구보다도 청월을 믿는 신유나였다.

청월은 신유나에게 고향이자 집이었다.

그렇기 때문에 이런 댓글을 보면 기분이 나빠질 수밖에 없었다.

'하지만…… 이런 댓글이 달리는 건 다 내가 활동을 쉬고 있기 때문이지…….'

한편으로는 이런 생각이 들기도 했다.

오랜 연예계 생활로 신유나는 팬들의 심리를 이제 잘 알고 있었다.

눈에서 멀어지면 이상한 소문이 도는 게 바로 연예계의

흔한 습성이었다.

'다른 기사나 보자……'

마지막으로 유미지의 기사를 살펴봤다.

기사를 보고 나서야 신유나는 유미지가 정확히 어디서 공연을 하고 있는지 알 수 있었다.

국제 전화를 통해서 유미지는 자신이 프랑스의 파리에 있다고 했는데 실제로는 칸에 있는 모양이었다.

하도 장소를 자주 옮기다 보니 헷갈린 것 같았다.

[칸에서도 유미지는 한국을 알리고 있구나!]

[한국이 아니라 베트남이겠죠ㅋㅋㅋ]

[유미지는 한국이든 베트남이든 특정 국가를 알리고 있는 것이 아닙니다ㅎㅎ 미스 하노이를 보신 분들이면 아시겠지만 유미지는 지금 세계에 인종 차별에 대한 바른 시선이 무엇인지 확실하게 알리고 있는 것입니다ㅎㅎㅎ 그걸 잊지 말아야 해요ㅎㅎㅎㅎ]

[ㄴ유미지의 행동이 뜻깊다는 건 인정ㅋㅋㅋ 그러나 당신은 설명충(忠)ㅋㅋㅋㅋ]

[근데 유미지가 대단하긴 함ㅎ 저런 타지에서 뮤지컬 주인공 자리를 따내고 좋은 문화를 알리는 걸 보면ㅎㅎ]

[아, 맞아요ㅋㅋㅋㅋ 진짜 대단해요ㅋㅋㅋ 유미지뿐만 아니라 전 멤버가 전 세계에서 활약하는 밀케웨이bb]

[솔직히 밀키웨이가 전 세계급, 역대급인 건 사실이지만 개개인이 전부 전 세계급, 역대급인 건 아니라고 본다ㅋㅋ

ㅋㅋㅋㅋㅋㅋ]

[닉 리먼드가 신유나랑 작업하면서 지금의 밀키웨이가
시작된 거지ㅇㅇ]

[확실히 신유나가 음원 파워는 최강인데…… 근데 신유
나는 요즘 뭐 하냐? 아는 분?]

[엥?ㅋㅋㅋ 신유나, 진짜 요즘 방송 안 나오네?ㅋㅋㅋ 기
사 찾아보니 두 달 전에 유미지 월드 투어 응원 메시지 보
낸 게 마지막이던데?ㅋㅋㅋ]

[담당 매니저가 너무 괴롭혀서 병원 실려간 거 아니냐?
ㅋㅋㅋㅋ 그 매니저 인기에 미쳐서 이것저것 다 하던데ㅋ
ㅋㅋㅋㅋㅋㅋ]

댓글을 읽던 신유나가 스마트폰을 세차게 던졌고 벽에
스마트폰이 퍽 소리가 내며 부딪혔다.

폭발할 수밖에 없었다.

신유나에게 있어서 정호는 정말 오빠이자 아버지 같은
그런 존재였다.

다른 사람은 몰라도 정호를 욕하는 것만큼은 정말 참을
수 없는 신유나였다.

'오 이사님이 어떤 사람인지도 모르면서…….'

이런 생각을 하며 씩씩거리던 신유나는 갑자기 우울해졌
다.

정호가 욕을 먹는 게 모두 자신이 활동을 하지 않아서라
는 생각이 들었기 때문이었다.

'정말 이제 뭐라도 해야 하는 걸까······?'

그런 생각을 하고 있는데 전화가 오는 건지 벽에 부딪혔다가 바닥에 떨어졌던 스마트폰의 화면이 밝아졌다.

다행히 고장은 나지 않은 모양이었다.

신유나가 잠시 멈칫하다가 스마트폰으로 다가가 누구에게 온 전화인지 확인했다.

정호였다.

신유나가 잽싸게 전화를 받았다.

"여보세요?"

"어, 유나야. 너 숙소지?"

"네. 숙소예요."

"잘됐다. 나 지금 MBS 새 사장님이랑 식사 끝나고 그쪽으로 가고 있거든."

"그래요?"

"어. 내가 새로운 준비하는 프로젝트가 있는데 그거 딱 너한테 어울리는 앨범 작업이거든."

아직 노래를 부르고 싶은 마음이 없는 신유나였다.

하지만 정호가 시킨다면 해야 한다고 생각했기 때문에 망설이다가 대답했다.

"······어떤 작업인데요?"

그런 신유나의 마음을 알고 정호가 피식 하고 웃었다.

신유나는 그 웃음 소리를 전화기 너머로 들었고.

정호가 말했다.

매니지
먼트의
제왕6

"어떤 작업인지 말하기 전에 네 상태부터 확인해 보자. 너 요즘 노래 부르기 싫지?"

갑작스러운 질문이었지만 신유나는 순순히 대답했다.

"네? 아…… 네……."

정호의 질문이 계속 이어졌다.

"예전에는 막 성공이 너무나도 하고 싶었는데 지금은 그런 게 전부 보잘 것 없는 것 같고 네가 부르고 싶은 노래가 무엇인지 모르겠지?"

신유나가 눈을 동그랗게 뜨며 스마트폰을 귀에 바싹 붙였다.

"그걸 어떻게 알았어요?"

정호가 장난스러운 어투로 의기양양한 척을 했다.

"다 아는 방법이 있지. 내가 누구냐?"

신유나가 신속하게 대답했다.

"역대급 존못 문화왕이요."

"컥."

어울리지 않는 정호의 장난에 신유나가 후후, 하고 살짝 웃었다.

신유나가 웃었다는 것에 안심하며 정호가 말했다.

"어쨌든 나 지금 숙소 앞이니깐 문 좀 열어줄래?"

"벌써 숙소 앞이라고요?"

그때 대답 대신 밀키웨이 숙소의 초인종 소리가 들려왔다.

신유나가 뛸 듯이 문 앞으로 가서 숙소의 현관문을 열었다.

현관문이 열리자 그 앞에 서 있던 정호가 신유나에게 검은색 봉투를 건네며 말했다.

"네가 좋아하는 복숭아 사왔어. 이거 먹으면서……."

정호가 장난스러운 어투지만 진지한 눈을 하면서 말을 이었다.

"네가 좋아하는 노래에 대해서 얘기해 보자."

그 순간, 왠지 신유나는 이번 고민이 쉽게 해결될 거라는 생각이 들었다.

자신의 눈앞에 있는 사람이 정호였다.

자신의 인생이 가장 힘들 때마다 등장해서 자신의 인생을 180도 바꿔 놓은 바로 그 역대급 존못 문화왕.

10장. 할게요, 그 노래!

사실 정호는 이때쯤 이런 일이 벌어질 거라는 것을 알고
있었다.

신유나의 과거를 알고 있었기 때문이었다.

'이전의 시간에서도 큰 성공을 맛봤던 신유나. 그때도
신유나는 음악에 대한 열정을 잃었고 결국 잘못된 길로 빠
져들고 말았지. 결정적으로 소속사가 신유나를 제대로 케
어해 주지 못한 탓이 컸지만.'

그때 당시 정호는 신유나가 청월의 연예인이 아니었음에
도 불구하고 너무나 안타까웠다.

음악성과 대중성을 모두 겸비한 역대급 가수라는 찬사를
듣던 신유나가 도저히 이해할 수 없을 정도의 빠른 속도로

무너져 내려갔기 때문이었다.

정호는 당시에도 신유나가 만약 청월 소속 가수였다면 그렇게 쉽게 무너지게 두지 않았을 거라고, 자신이라면 어떻게든 방법을 찾았을 거라고 생각했다.

그게 두고두고 안타까웠다.

하지만 다행히 이제 안타까워하면서 가만히 두고만 볼 필요가 없었다.

지금의 시간에서 신유나는 청월 소속의 가수였고 자신이 담당하는 연예인이었으니깐.

분명 자신이 신유나를 위해 해줄 수 있는 일이 있었다.

정호가 신유나의 상태를 예측한 것은 닉 리먼드와의 공동 작업 앨범 제의를 거절했을 때였다.

그때 이미 정호는 신유나의 상태를 대충 예측했다.

'혹시 이번에도 음악에 대한 열정을 잃은 것일까?

가장 먼저 그런 생각이 들었다.

하지만 두고 보기로 했다.

고름은 가장 곪았을 때 짜야 하는 법이었다.

괜히 섣불리 건드리다간 흉터만 남길 수 있었다.

'조금 더 지켜보자. 분명 더 확실한 징후가 나타날 것이다.'

그런 생각으로 총괄매니지먼트부 3팀의 직원들에게 해당 사실을 알렸고 지속적으로 관심을 가진 채 지켜볼 수 있도록 지시했다.

그에 따라 두 달간 신유나에 대한 보고서가 매일같이 올라왔다.

전체적으로 신유나가 연예인 생활에 대한 의구심을 가지고 있다는 뉘앙스의 보고서였다.

그렇게 두 달간의 데이터가 쌓이자 정호는 더 이상 두고 볼 수 없다고 판단했다.

우선 민봉팔을 찾아갔다.

"어때? 네가 보기에, 유나 상태가?"

"뭐…… 심각하지. 보고서에도 썼지만 예전보다 의욕이 없달까? 유나가 수아처럼 늘 활기찬 성격은 아니었지만 그렇다고 해서 연습을 쉬거나 음악 공부를 쉰 적은 없었는데 요즘은 확실히 그런 것들은 전부 안 하고 있으니깐."

민봉팔만이 아니었다.

정호와 밀키웨이 멤버들 다음으로는 신유나와 가장 친분이 두텁다고 할 수 있을 한유현도 민봉팔과 같은 의견이었다.

"오 이사님이 직업 케어를 해줄 필요가 있을 것 같습니다. 제가 마음에 드는 신곡이 있어서 유나한테 보내봤는데 들어보겠다는 대답만 하고 몇 주간 전혀 반응이 없었더라고요. 본래라면 하루 만에 노래를 듣고 피드백을 주던 친구인데……."

밀키웨이 멤버들도 마찬가지로 신유나의 상태가 심각하다고 생각한 모양이었다.

각자 따로 정호에게 연락이 왔다.

[유미지 : 여기 음질이 좋지 않아서 그런 걸까요? 전화기 너머로 들은 유나의 목소리가 별로 좋지 않더라고요……. 이사님이 혹시 들여다봐주실 수 있나요?]

[하수아 : 오 이사님, 유나 좀 챙겨주세요. 그렇게 사람 안 챙기다가 경찰한테 잡혀가요.]

[오서연 : 퍼피, 광견병 완치 상태. 술도 못 마시는 게 사람처럼 가끔 술을 마심. 수상함. 다시 광견이 될 수 있도록 조치 바람. 낄낄낄.]

이런 상황에서 계속 두고만 보는 것도 이상했다.

결국 정호가 나섰고 오늘 MBS 사장과의 점심식사가 끝나자마자 신유나가 좋아하는 복숭아를 사들고 신유나를 만나러 간 것이었다.

복숭아를 깎아주며 정호가 슬쩍 신유나의 상태를 살폈다.

신유나는 별다를 바 없이 얌전히 정호가 깎아주는 복숭아를 집어 먹고 있었지만 확실히 좋지 않아 보였다.

다른 사람이면 몰라도 정호는 그걸 한눈에 알 수 있었다.

'아까 대답했던 대로 음악에 대한 열정이 식은 자신이 마음에 들지 않고, 그런 자신의 모습에 혼란을 느끼고 있는 것 같군.'

정호는 속으로 휴 하고 한숨을 쉬었다.

사실 자신도 확신이 없었다.

이전의 시간에서야 담당 연예인이 아니었기 때문에 손쉽게 신유나의 상태를 다시 변화시킬 수 있다고 확신했지만 지금은 아니었다.

사람의 마음을 바꾸는 게 얼마나 힘든 일이지 잘 알게 된 현재로서는 더더욱 마땅한 방법이 떠오르지 않았다.

'나는 신이 아니야. 노력해 보는 수밖에. 노력하는 수밖에 없다. 그것만이 사람의 마음을 움직일 수 있어.'

정호는 마음을 다잡았다.

지금 이 순간에 자신마저 흔들린다면 신유나는 더 혼란스러워할 것이 분명했다.

그나마 다행인 점은 한 가지 생각해 둔 방법이 있다는 것이었다.

'이전의 시간과는 달리 지금의 시간에서 신유나는 아직 음악성과 대중성을 모두 겸비한 역대급 가수라는 평가를 받지 못하고 있다. 그것은 아직 신유나가 한 가지 앨범을 내지 않았기 때문이지.'

이전의 시간에서 신유나가 음악성과 대중성을 모두 겸비한 역대급 가수라는 칭송을 얻게 했던 앨범이 따로 있었다.

하지만 지금의 시간에서는 아직 그 앨범이 나오지 않았고 그런 까닭에 신유나는 현재 이전과 같은 평가를 받지 못하는 상태였다.

그 앨범의 이름은 바로 〈찬란한 책갈피〉였다.

〈찬란한 책갈피〉는 이전에 복면가수왕에서 시도했던 리

메이크 곡들이 수록된 앨범이었다.

복면가수왕에서 불렀던 〈나의 옛 이야기〉를 비롯한 총 일곱 곡이 수록된 앨범이었는데, 이 앨범의 발매와 동시에 신유나는 엄청난 찬사를 이끌어냈다.

'그럴 수밖에 없었지. 어느 순간부터 도저히 멈추지 않는 복고 열풍에 편승하여 대중성을 얻어냈고 옛날 노래라는 인식을 가진 노래들을 가져와 세련된 자신만의 음색과 깊이 있는 해석 능력으로 음악성까지 확보했으니깐.'

이미 〈나의 옛 이야기〉로 음악성과 대중성을 모두 겸비했다는 걸 알린 바 있는 신유나였지만 한 곡과 앨범 한 장은 의미 자체가 다를 수밖에 없었다.

나무 한 그루를 심는 사람은 환경을 아낄 줄 아는 사람이라고 불리지만 숲을 일구는 사람은 환경운동가의 칭호를 얻을 수 있는 것처럼 말이다.

'이게 유나가 원하는 음악인지 알 수는 없지만 어쨌든 유나는 아직 이런 호칭을 받아보지 못했고 그런 까닭에 아직 해볼 수 있는 일이 있다. 그리고 이 과정에서 분명 좋아하는 게 무엇인지 감을 잡을 수 있을 거야.'

심지어 정호는 신유나가 이번 앨범을 통해서 좋아하는 음악이 무엇인지 찾지 못해도 상관없다고 생각하고 있었다.

사실 중요한 것은 신유나가 원하는 음악을 찾는 것이 아니었다.

역경에 부딪혔을 때 그것에 대처하는 방식이었다.

'이전의 시간과는 달라. 분명 〈찬란한 책갈피〉의 작업을 시작하고 나면 유나는 이런 일로 고민하지 않게 될 것이다.'

정호가 이렇게 확신하는 이유는 다름 아닌 밀키웨이 멤버들 때문이었다.

이전의 시간에서 신유나는 모든 걸 홀로 짊어지고 가야 했다. 그렇기 때문에 더 독해져야 했고 자연스럽게 다른 사람에게 마음을 열 기회가 사라졌다.

그러다 보니 이런 문제에 직면했을 때에도 홀로 그 짐을 짊어져야 한다고 생각했을 것이 분명했다.

하지만 지금은 달랐다.

신유나는 밀키웨이 멤버들과 함께하면서 진한 동료애를 느꼈고, 누군가에게 기대는 것이 때로는 도움이 된다는 것을 깨달았다.

그래서 만약 이대로 신유나가 영원히 음악에 대한 열정을 잃는다고 해도 예전처럼 잘못된 길로 빠질 가능성은 낮았다.

더 힘들어진다면 신유나 쪽에서 먼저 정호나 밀키웨이 멤버들을 찾았을 것이기 때문이었다.

하지만 정호는 신유나가 그 정도로 힘들어지길 원하지 않았고 〈찬란한 책갈피〉를 통해서 미리 동료들에게 기댈 수 있는 법을 배우길 원했다.

그걸 배울 수 있다면 분명 신유나는 오래 살아남는 연예인이 될 수 있었다.

결국 원하는 음악을 찾지 못한다고 하더라고 말이다.

정호가 이렇게 생각을 정리하며 주섬주섬 주머니에서 스마트폰을 꺼냈다. 그러고는 아무 말 없이 한유현에게 미리 작업하여 받아온 노래를 틀었다.

〈찬란한 책갈피〉에 들어갈 리메이크 곡들이었다.

잔잔한 전주와 함께 음악이 이어졌고 관심이 없는 척 복숭아만 집어 먹고 있던 신유나가 포크질을 멈췄다.

그러더니 진지한 눈빛을 한 채 음악을 들었다.

한유현의 손길을 받은 노래이기 때문에 예전 노래임에도 불구하고 익숙하면서도 동시에 세련된 센스가 느껴졌다.

마침내 한 곡이 전부 재생됐을 무렵, 신유나가 조용히 정호를 쳐다봤다.

그런 신유나에게 정호가 말했다.

"네 스마트폰으로 나머지 곡들을 보낼게. 꼭 들어봐. 그리고 상의해. 네가 가장 친하다고 생각되는 사람들에게."

정호의 말을 듣고 의아하다는 듯이 신유나가 물었다.

"상의요?"

"응. 꼭 상의해."

"왜요?"

정호가 어깨를 으쓱하며 대답했다.

"왜긴 왜겠어. 네가 사람을 믿지 못하니깐 그렇지."

신유나가 눈을 동그랗게 떴다.

"제가 사람을 못 믿는다고요?"

"그럼 믿을 줄 아는 애가 고민이 있는데도 가족이나 다름없는 멤버들에게 고민을 안 털어놓은 거야?"

신유나는 뭔가를 깨달은 듯 아 하고 감탄사를 내뱉더니 말을 잃었다.

그런 신유나에게 정호는 한마디 말만 남기고 숙소를 빠져나왔다.

"꼭 상의해. 그리고 반성해. 너 혼자 고민하는 것이 얼마나 너를 아끼는 사람들에게 큰 상처를 주었는지."

정호가 다소 모질게 말을 뱉었음에도 불구하고 신유나는 발끈조차 하지 못하고 정호의 뒷모습만 바라봤다.

왠지 스스로가 원망스러워지는 신유나였다.

◇ ◆ ◇

그렇게 일주일의 시간이 지났다.

그동안 정호는 실시간으로 신유나의 상태를 사람들에게 받아 듣고 있는 중이었다.

신유나를 위한 일이었지만 내심 모진 말을 뱉은 것이 미안했기 때문이었다.

정호에게 그날 있었던 일을 모두 전해들은 밀키웨이 멤버들을 비롯한 한유현과 민봉팔은 정호가 그 일을 두고 찜찜해한다는 걸 알았기에 신유나의 상태를 실시간으로 전해줬다.

123

특히 밀키웨이 멤버들은 언제 식사를 하고 잠을 자고 화장실에 가는 지까지 보고할 기세라서 난감할 정도였다.

심지어 비는 시간 없이 신유나를 살펴볼 수 있도록 하수아와 오서연이 스케줄까지 조정했다.

누가 보면 진짜 '강아지(퍼피)'를 키우는 사람들이 강아지를 돌보는 듯한 모양새였다.

다행히 신유나의 상태는 점차 호전되고 있었다.

정호가 말한 대로 신유나는 노래를 지속적으로 듣고 밀키웨이 멤버들을 비롯한 주변 사람들에게 고민을 털어놓았다.

다소 친하지 않다고 할 수 있는 민봉팔에게까지 고민을 털어놓을 걸 보면 정말 노력하는 것 같았다.

뿐만 아니라 해외에 있는 유미지나 닉 리먼드에게도 고민을 털어놓았기 때문에 신유나는 뭔가를 깨달아가는 것 같은 인상을 주고 있었다.

그리고 마침내 정호에게 신유나로부터 연락이 왔다.

신유나는 전화를 걸자마자 정호에게 사과했다.

"정말 죄송합니다, 오 이사님……. 제가 생각이 짧았어요……."

"유나야."

"수아 언니, 미지 언니, 서연 언니, 닉 리먼드, 유현 오빠, 민 부장님 등 주변 사람들에게 고민을 털어놓을 때마다 알 수 있었어요. 제 주변 사람들이 얼마나 절 걱정했고 제가 사랑받고 있는지를……."

매니지
먼트의
제왕6

신유나의 진심이 느껴지는 말투였다.

정호는 그 진심을 듣기 위해 잠자코 있었다.

신유나가 계속 말을 이어 나갔다.

"저는 늘 강해지려고 했던 거 같아요……. 그리고 이제 알겠어요……. 할머니가 정말 저한테 원하는 것이 무엇이었는지를……. 좋아하는 사람들에게 고민을 털어놓고, 좋아하는 사람들에게 좋아한다고 말하고, 좋아하는 것을 하는 거……. 그게 할머니가 저한테 바라던 일일 거예요……. 마치 오 이사님이 그걸 제게 바랐던 것처럼……."

정호가 대꾸했다.

"내 마음을 알아줘서 고맙다. 그리고 미안해. 그날 모질게 말해서……."

신유나가 씩씩하게 대답했다.

"아니에요! 이미 언니들이 전부 말해줬는걸요. 오 이사님이 저를 위해서 어쩔 수 없이 그렇게 말했다는 사실을요. 저 노력할게요! 그리고 할게요, 오 이사님이 보내주신 그 노래!"

이전의 시간에서 신유나를 최고의 가수로 만들었던 그 앨범 〈찬란한 책갈피〉가 다시 한 번 세상에 드러날 기회를 얻고 있었다.

매니지먼트

제왕

11장. 가장 행복한 협력, 함께하는 마음

마음을 먹자 신유나는 확실하게 자신의 능력을 선보였다.

특히 신유나가 리메이크 작업에 대한 의지를 보였다.

한유현이 직접 편곡한 곡은 총 여섯 곡이었다.

과거 신유나의 리메이크 앨범 〈찬란한 책갈피〉에 들어갔던 일곱 곡 중에서 〈나의 옛 이야기〉가 이미 복면가수왕에서 사용됐기 때문에 남은 곡은 여섯 곡뿐이었고 정호는 이여섯 곡을 한유현에게 리메이크를 맡겼다.

딱히 다른 곡은 추가로 제작을 맡기지 않았다.

'유현 씨의 능력을 못 믿는 것은 아니다. 다만 뭐든지 확실히 할 필요가 있을 뿐이지.'

이 여섯 곡은 〈찬란한 책갈피〉에 수록되어 전부 후한

평가를 받은 바가 있었다.

그렇기 때문에 이번 시간에서도 좋은 평가를 받을 것이 분명했다.

'하지만 이게 끝이 아니다. 유나가 리메이크 작업에 의욕을 보이고 있으니깐.'

다만 한 가지 걸리는 점은 〈찬란한 책갈피〉의 가장 강력한 히트곡 중의 하나였던 〈나의 옛 이야기〉가 없다는 사실이었다.

정호는 애초에 이 곡을 한유현이 가져오는 새로운 리메이크 곡으로 채울 생각이었지만 신유나가 의욕을 보이면서 계획을 바꿨다.

신유나에게 두 곡의 리메이크 작업을 맡겨 총 여덟 곡으로 〈찬란한 책갈피〉를 완성시킬 생각이었다.

'나의 옛 이야기만큼의 반응이 안 나올 수도 있으니 일곱 곡보단 여덟 곡이지.'

그렇게 불확실성을 차단한 정호는 한유현, 신유나와 함께 작업에 박차를 가했다.

뿐만 아니라 이와 함께 정호는 오랫동안 생각하고 있던 사업 하나를 시작하기로 했다.

◇ ◆ ◇

청월의 대표실.

최근 리모델링으로 훨씬 밝고 환해진 분위기가 된 그곳에서 정호는 윤 대표를 독대 중이었다.

윤 대표가 정호를 향해 입을 열었다.

"그래, 이번에 시작한 의류 사업을 〈찬란한 책갈피〉와 함께 런칭하고 싶다고?"

그랬다.

정호는 리메이크 앨범 〈찬란한 책갈피〉와 함께 오래전부터 준비하고 있던 의류 산업에 뛰어들 생각이었다.

의류 산업은 정호가 처음 2차 수익을 내기 위한 사업을 구상했을 때부터 차근차근 준비해온 것이었다.

이전의 시간을 살아봤기 때문에 가능한 사업이었다.

'아직까지는 별 볼 일 없지만 조만간 숱한 화제를 낳으면 성장하는 의류 회사를 나는 알고 있으니깐.'

정호는 차를 몰아 동대문시장으로 이동했다.

그리고 한적한 시장 골목에 있는 어느 옷가게로 들어갔다.

정호가 손님 하나 없는 그 옷가게에 들어서자 한 사람이 나와 정호를 격하게 반겼다.

"오 이사님! 오셨습니까?"

그 사람은 다름 아닌 의류 브랜드 제스터의 대표인 방주만이었다.

정호가 방주만을 만난 것은 오 개월 전의 일이었다.

방주만은 오랜 적자로 제스터의 부도 위기를 맞고 있었

는데 그때 손을 내민 사람이 정호였다.

동대문시장의 허름한 건물에 있는 방주만의 사무실로 한 통의 전화가 걸려온 것이었다.

"여기가 제스터의 사무실 맞습니까?"

예의 바른 사내의 목소리가 전화기 너머로 넘어왔을 때만 해도 방주만은 의아했다.

빚쟁이가 아니라면 사무실로 전화를 걸어올 만한 사람이 없었는데, 전화를 건 사람의 목소리는 누가 들어도 빚쟁이가 아닌 것 같았기 때문이었다.

"네, 맞습니다. 그런데 누구시죠?"

"안녕하세요, 청월 엔터테인먼트의 오정호 이사라고 합니다. 제스터 투자 건에 대해서 상의드리고 싶어서 전화했는데요?"

정호의 대답을 듣고 방주만은 놀랄 수밖에 없었다.

왜냐면 방주만은 얼마 전 기사화된 홍대 예술 마을의 소식을 접하고 감명을 받은 상태였기 때문이었다.

'저런 사람이 있었구나……. 나도 저런 사람과 함께할 수 있다면 얼마나 좋을까…….'

게다가 그때 방주만은 이런 생각을 하기도 했었다.

그런데 그런 생각을 하게 한 인물에게서 직접 전화가 오다니.

방주만으로서는 정말 상상도 하지 못한 일이었다.

방주만이 더듬거리며 말했다.

"네, 네. 안녕하세요. 방주만이라고 합니다."

"아, 제스터의 대표님이셨군요."

"맞습니다……. 뭐…… 다 쓰러져가는 회사의 대표 자리지만요. 하하하……."

긴장을 해서 그런지 방주만은 스스로 자폭을 했다.

하지만 정호는 그런 방주만을 얕보지 않았다.

가까운 미래에 방주만이 대한민국의 패션&뷰티 산업의 일인자가 된다는 걸 알고 있었기 때문이었다.

'지금 당장은 회사의 부도 위기 때문에 휘청거리지만 극적으로 어느 투자자의 투자를 받아 회생의 기회를 얻고 큰 회사로 성장하는 데 성공하지. 방주만의 성공 신화는 한때 대한민국의 큰 자랑거리로 소개될 정도로 압도적이었다.'

그리고 이번의 시간에서 정호는 자신이 극적인 상황에서 투자를 해주는 그 투자자의 역할을 맡을 생각이었다.

동시에 방주만을 청월의 패션&뷰티 사업을 책임지는 담당자로 만들 생각이기도 했다.

생각을 정리하며 정호가 단호한 어조로 말했다.

"단도직입적으로 말하죠. 제스터에 투자를 하고 싶습니다. 지금 만나 뵐 수 있을까요?"

그렇게 정호는 오 개월 전 제스터에 투자를 했고 제스터의 급한 빚부터 자비로 처리했다.

또한 이후의 사업은 청월과 협력하여 처리하는 것으로
방주만과 큰 가닥을 잡았다.

제스터의 현장 판매 장소였던 허름한 가게를 둘러보며
정호가 방주만에게 물었다.

"그래서 가게는 어떻게 하셨습니까? 정리하셨습니
까?"

방주만이 사람 좋은 미소를 대답했다.

하회탈같이 푸근한 미소를 짓는 것이 방주만의 특기라면
특기였다.

"물론이죠. 여기서 장사를 하는 것도 오늘이 마지막입니
다. 이제 정리를 끝내고 도움을 주신 대로 홍대 예술 마을
에 둥지를 틀었거든요. 직원들이 무척이나 좋아하더라고
요."

정호는 제스터의 사무실 및 현장 판매 1호점을 홍대 예
술 마을로 옮겼다.

청월과의 연계와 접근성을 위한 방책이었다.

정호가 고개를 끄덕이며 말했다.

"잘하셨습니다. 장사하기에 나쁜 장소가 아니니 제스
터의 이름은 충분히 알려질 겁니다. 이름만 알려진다면
제스터 만한 제품도 없으니 큰 성장도 이룩해내실 거고
요."

방주만이 고마워하며 대답했다.

"이게 전부 오 이사님 덕분입니다. 말씀하신 대로 홍대

예술 마을의 입지가 워낙 좋아서 매출이 기대됩니다. 자리도 어찌나 좋은지…… 정말 신경을 써주셔서 감사합니다."

"이제 시작인걸요, 뭘. 직원들만 해고해 주지 말아주세요. 다들 소중한 가족들이니까요."

"아이고, 물론이죠."

홍대 예술 마을은 어느새 홍대의 명물로 자리를 잡은 상태였다.

매일 사람의 발길을 끊이지 않은 장소였고, 최근에는 하기진이 힘을 써서 지역을 일부 확대하기도 했다.

그만큼 성장이 눈부신 상태였다.

그런 홍대 예술 마을에 제스터의 매장이 들어섰으니 분명 좋은 결과가 있을 것이 분명했다.

또한 제스터는 홍대 예술 마을의 건립 취지에 따라 그곳의 예술가들을 직원으로 고용하고 있었다.

홍대 예술 마을 자체적으로 이 직원들에게 월급을 지원해 주기 때문에 제스터 입장에서는 어려울 것이 없는 일이었다.

오히려 더 싸게 인력을 사용하는 것이나 다름없었다.

어쨌든 제스터는 홍대 예술 마을에 들어와 완벽하게 청월과 공생하는 관계에 놓이게 됐다.

'좋은 기업과 어렵지 않게 협력 관계를 구축했어. 그렇다면 이제 날개를 달아줄 시간이지.'

입지 조건이 좋은 홍대 예술 마을에 1호점이 들어섰기 때문에 이대로라면 머지않아 제스터는 이전의 시간처럼 패션&뷰티 사업의 일인자가 되겠지만 정호는 그 시기를 앞당길 생각이었다.

마침 세계적인 패셔니스타로 소문난 신유나가 새로운 앨범을 준비 중이었기 때문에 이보다 좋은 기회가 없었다.

정호가 방주만에게 말했다.

"그래서 말인데요. 청월과 제스터가 모두 Win-Win 할 수 있는 좋은 프로젝트가 하나 있습니다."

방주만이 눈을 빛내며 물었다.

이럴 때는 영락없이 장사꾼다운 면모를 보이는 방주만이었다.

"그게 뭐죠?"

"우리 유나 알죠? 유나가 이번에 〈찬란한 책갈피〉라는 리메이크 앨범을 준비합니다. 이 앨범의 모든 의상을 제스터에서 맡아주세요."

신유나의 새로운 앨범, 그리고 새로 시작한 의류 사업과 함께 정호가 안배해 놓은 두 개의 팀도 탄력을 받았다.

정호는 이사가 되면서 음반제작팀을 만들고 의상팀의 위상을 격상시킨 바가 있는데 신유나의 리메이크 앨범이 발매되면서 두 팀의 필요성이 확실하게 증명됐다.

한유현이 팀장으로 있는 음반제작팀은 새로 꾸려진 이후 지금까지 꾸준히 그 필요성을 증명해 왔다.

하지만 밀키웨이가 다섯 번째 앨범을 거의 멤버 자체적으로 제작하면서 아쉽게도 일선에서 활약할 기회를 잃었다고 볼 수 있었다.

또한 각종 OST 앨범은 보통 오서연의 주도하에 제작되는 경우가 많았기에 굵직한 프로젝트에서 음반제작팀은 최근 거의 서포터 위치에서만 활약했다.

하지만 이번 앨범에는 한유현이 리메이크한 곡이 여섯 곡이나 들어갔기 때문에 음반제작팀이 해야 할 일이 평소보다 많았다.

뿐만 아니라 신유나가 앨범의 콘셉트와 믹싱을 음반제작팀에서 위임한 탓에 더더욱 그랬다.

'다행이군. 그동안 음반제작팀은 괜한 저평가를 받고 있었으니깐. 음반제작팀 덕분에 산발적이고 동시적인 작업 활동이 가능했던 건데 말이야.'

또한 업무 능력 향상과 복지적 혜택을 위해 팀으로 격상시킨 의상팀도 탄력을 받았다.

특히 외부에서 정호가 어렵게 데려온 의상팀의 고연경 팀장이 가장 신났다.

지금까지 고 팀장은 아무리 디자인이 개성적이라고는 하지만 자체 제작이 아닌 기성품을 의류 브랜드에서 가져오는 것이 내심 못마땅했다.

그런데 제스터와의 협력 관계로 의상을 자체 제작할 수 있게 되었으니 고 팀장이 의욕적일 수밖에 없었다.

고 팀장은 누구보다 의욕적으로 방주만과 소통하여 〈찬란한 책갈피〉의 앨범 콘셉트에 맞는 의상을 만들기 위해 최선을 다했다.

앨범 재킷 사진을 위한 의상은 물론이고, 신유나가 이번 앨범 활동을 하며 출연할 모든 방송을 계산하여 의상을 미리 만들어두는 것이 무엇보다 인상적이었다.

'고 팀장이 아주 신났어. 신났기는 방 대표도 마찬가지지만.'

신유나에게 꼭 맞는 의상을 만들기 위해 노력하는 고 팀장과는 달리 방주만은 본연의 임무를 잊지 않았다.

앨범의 콘셉트와 신유나에게 꼭 들어맞는 의상을 만드는 데 그치지 않고 그 의상들에 상품성을 가미하는 것이 제스터의 대표인 방주만의 임무였다.

정호라는 위대한 개인이 억지로 이끌고 가야 했던 청월은 그렇게 진짜 대기업이 되어 가고 있었다.

◇ ◆ ◇

그리고 마침내 〈찬란한 책갈피〉이 공개됐다.

음반제작팀, 기획팀, 의상팀, 홍보팀의 노력이 모두 깃든 청월 최초의 작품이라고 해도 과언이 아닐 앨범이었다.

정호는 기대감을 가지고 첫날 음원 차트를 확인했다.

그런 뒤 생각했다.

'이거…… 조만간 또다시 축하 파티가 열리겠는걸?'

결과는 대성공이었다.

1위부터 8위까지 〈찬란한 책갈피〉의 곡들로 순위가 줄세워지고 있었다.

무엇보다 가장 큰 성공은 신유나의 반응이었다.

정호가 이사실에서 순위를 확인하고 있을 때, 이사실 문이 벌컥 열렸다.

그리고 와락 누군가가 정호에게 안겨왔다.

다름 아닌 신유나였다.

정호에게 안긴 신유나가 감격의 울음이 섞인 목소리로 감사를 표했다.

"오 이사님, 감사해요……. 정말 지금 저 행복해요……."

성공에 대한 모든 부담감을 떨쳐내고 얻어낸 결과물이었기 때문에 신유나가 더욱 감동에 젖은 모양이었다.

정호는 그런 신유나의 마음을 이해할 수 있었다.

'이것으로 유나는 이 연예계에서 가장 행복한 사람 중 하나로 장수할 수 있겠지?'

갑작스럽게 이사실로 쳐들어온 신유나로 인해 서 비서가 난감한 표정을 지은 채 뒤쪽에 서 있었지만 정호는 모른 척 10초만 더 신유나를 꼭 안아주기로 했다.

지금의 순간이 신유나에게 더 큰 힘이 되기를 바라면
서.

매니지먼트 제왕

12장. 예상치 못한 곳에서 코끼리가?

신유나의 리메이크 앨범 〈찬란한 책갈피〉의 성공은 엄청난 파란을 일으켰다.

이전의 시간에서와 마찬가지로 사람들이 신유나를 음악성과 대중성을 모두 잡은 대스타로 인식하기 시작한 것이었다.

정호가 속으로 생각했다.

'좋아. 이쪽은 생각대로 됐군.'

뿐만이 아니었다.

〈찬란한 책갈피〉의 성공도 성공이지만 제스터의 성장세도 주목할 만했다.

〈찬란한 책갈피〉의 성공으로 모든 시선이 신유나에게 집

138 매니지먼트의 제왕 6

중되고 있을 그때, 신유나의 의상 전부가 너무나도 예쁘게 꼭 어울리니 사람들의 눈길을 끌지 않을 수가 없었다.

게다가 신유나는 이미 전 세계적으로 알아주는 패셔니스타였다.

패션이 돌고 돈다는 말처럼 유행이 끊이지 않는 복고풍의 콘셉트에 세련미가 적절하게 가미된 수많은 옷들을, 그런 패셔니스타가 완벽하게 소화하는데 사람들이 관심을 가지지 않을 리 없었다.

그 결과, '신유나'에 이어 '신유나의 의상'이라는 키워드가 실시간 검색어의 2위 자리를 차지했다.

방주만과 고 팀장이 노력한 효과가 톡톡히 드러나고 있는 셈이었다.

[신유나가 재킷 촬영 때 입었던 노란 꽃무늬 원피스 브랜드 아시는 분!]

[ㄴ제스터입니다ㅎㅎ]

[헐…… 그게 제스터 옷이었구나……. 홍대 예술 마을에서 오프라인 매장을 들른 적 있었는데…….]

[아, 그게 홍대 예술 마을에 있어요?]

[ㅇㅇ이번에 청월에서 시작한 의류 브랜드 사업임ㅋㅋㅋㅋ]

[그래서 신유나가 뻔질나게 입고 나왔구나ㅋㅋㅋ]

[제스터의 성공은 뭐…… 거의 기정사실 아닐까요?ㅎㅎㅎㅎ]

[이미 성공한 것이나 다름없음ㅋㅋㅋㅋ 솔직히 예전부터

신유나가 입고 나왔다고 하면 여자들 전부 그 브랜드 옷 찾아서 입고 그랬잖아ㅋㅋㅋㅋㅋㅋ]

[그게 신유나가 입고 나와서 입은 건가?ㅋㅋ 예뻐서 입은 거지?ㅋㅋㅋㅋ 어이없네ㅋㅋㅋㅋ]

[근데 확실히 제스터 옷 좋더라ㅋㅋㅋㅋ 괜히 쓸데없이 비싸지도 않고 딱 적절한 가격에서 기성품 같지 않은 느낌으로 잘 만들었음ㅋㅋㅋㅋ 그렇다고 수제품은 아니겠지만ㅋㅋㅋㅋ]

[수제가 어딨냐ㅋㅋㅋㅋ 다 기성이지ㅋㅋㅋ 하지만 제스터 옷 예쁜 건 인정ㅋㅋㅋㅋ 3층 명품관에 가면 더 고급스러운 옷도 같이 파는데 그것도 너무 비싸지 않으면서 싼티도 안 남ㅋㅋㅋㅋ]

[3층 명품관 이제 슬슬 소문이 나는구나ㅋㅋㅋㅋ 나 벌써 거기 가서 엄청 지르고 왔는데ㅋㅋㅋㅋ]

제스터의 매출이 빠르게 상승하고 있었다.

어느 정도냐면 이전까지는 홍대 예술 마을을 찾았다가 우연히 제스터의 오프라인 매장을 발견하는 수준이었지만 이제는 제스터의 오프라인 매장을 찾는 사람들 덕분에 홍대 예술 마을을 찾는 사람들이 늘어나고 있었다.

오프라인 매장뿐만 아니라 방문자 숫자가 두 자릿수를 채 넘지 못하던 제스터의 온라인 쇼핑몰도 폭발적인 방문자 숫자 때문에 서버가 다운될 정도였다.

제스터가 얼마나 흥하는지 확인하기 위해 직접 사무실을

찾은 정호에게 방주만이 말했다.

"오 이사님의 조언대로 미리 직원들을 뽑아두지 않았으면 정말 큰일 날 뻔했습니다. 지금도 이미 충분히 큰일이 난 상황이긴 하지만요."

아닌 게 아니라 방주만의 뒤쪽에서 정신없이 옷을 찾아서 포장하고 주소를 뽑아서 붙이는 직원들을 보니 정말 전쟁터를 방불케 하는 풍경이라는 생각이 절로 들었다.

괜히 방주만을 괴롭히지 말고 서둘러 사무실을 떠나야겠다는 생각을 하며 정호가 입을 열었다.

"기진 씨의 조언대로 회사를 굴린다면 제스터는 금방 우리나라 최고의 패션 브랜드가 될 겁니다. 그럼 뷰티 쪽으로도 손을 대시고 세계무대로도 나가보세요, 꼭."

"아이고, 말씀만으로도 감사합니다."

보통이라면 정호의 말을 인사치레 정도로 생각했겠지만 지금은 달랐다.

방주만의 눈빛이 의욕으로 가득 차 있었다.

실제로 제스터가 아주 빠르게 지금과 같은 성장을 이룰 수 있었던 것은 전부 정호 덕분이었기 때문이었다.

아마 방주만은 정호가 우주복을 만들어서 팔아도 잘된다고 하면 우주복을 만들 것이다.

그 정도로 정호를 신뢰하고 있었다.

동시에 청월은 확실한 2차 수입 창구를 얻은 셈이었다.

제스터의 사무실에서 나온 서둘러 정호는 하기진에게 전화를 걸었다.

지금의 상승세를 유지하기 위해 하기진이 준비한 전략을 조금 더 상세히 들어보기 위함이었다.

"우선 서울을 중심으로 수도권 전체에 오프라인 매장을 개설할 예정입니다. 총 열다섯 곳의 매장은 이미 건설이 마무리 단계에 들어간 상태입니다. 그 매장에 들어갈 직원들을 뽑아서 미리 만들어놓은 고객 응대 및 상품 판매 매뉴얼에 따라 진행한 교육도 거의 끝난 상황이고요. 그렇게 수도권에 성공적으로 제스터가 안착하면 전국적으로 매장을 늘려나갈 생각입니다. 인구가 많은 도시를 우선해서요."

컨설팅 쪽으로 세계적인 재능을 가졌다고 해도 과언이 아닌 사람과 일한다는 것이 얼마나 편하고 좋은 일인지 새삼 깨닫는 정호였다.

확실히 하기진은 정호가 어떤 어처구니없는 사업을 벌인다고 해도 그것을 성공시킬 능력이 있는 천재 중의 천재였다.

정호는 하기진을 자신의 사람으로 만든 것이 너무나도 다행이라고 생각하며 물었다.

"제가 도울 일은 더 없습니까? 홍보 부분에서 다른 연예인의 도움을 받았으면 한다든가 하는 것으로요."

정호의 질문에 하기진이 신중한 어투로 대답했다.

"음…… 사실 한 가지 제안 드리고 싶었던 것이 있었습니다."

하기진의 능력을 누구보다 믿는 정호였기 때문에 말도 안 되는 수준의 요구만 아니라면 정호는 어떤 요구든 당장 들어줄 요량이 있었다.

정호가 물었다.

"뭔가요?"

"제스터의 홍보 모델로 신유나 양과 강여운 양을 같이 캐스팅했으면 좋겠습니다."

"유나랑 여운이를요?"

정호가 이렇게 되물은 것은 하기진의 요구를 들어주지 않을 생각이라서 그런 게 아니었다.

〈찬란한 책갈피〉로 이미 제스터의 홍보 모델로 굳혀진 것이나 다름없는 신유나야 이해가 되지만 강여운을 굳이 제스터의 홍보 모델로 삼는 것이 어떤 의미가 있는지 궁금했기 때문이었다.

그런 정호의 생각을 알아차리고 하기진이 대답했다.

"고급화 전략입니다. 전 세계적인 파급력을 지닌 신유나 양과 강여운 양이 홍보 모델이 되면 제스터의 옷을 입고 싶어 하는 해외팬들이 생길 겁니다. 하지만 유통 창구가 마련되지 않았기 때문에 그럴 수가 없죠. 그러면 자연스럽게 해외팬들은 해외 직구로 제스터의 옷을 구입할 거고 그에 따라 구하기 힘들다는 인식 때문에 제스터의 옷은 더 고급화가 될 겁니다."

정호는 하기진이 무슨 그림을 그리고 있는지 알 수 있었다.

하기진은 벌써 국내를 넘어서 해외의 판매까지 생각하고 있었던 것이다.

하기진이 계속 말을 이었다.

"그리고 그때 해외에 매장을 건립하기 시작하는 거죠. 하지만 해외 매장은 국내 매장과 다릅니다. 국내 매장은 중저가 의류도 취급하지만 해외 매장의 경우에는 고가의 의류만을 판매하는 것이죠. 마치 명품관처럼요. 그러면 해외 팬들은 제스터의 옷이 더 고급 브랜드라는 인식을 갖게 될 겁니다. 또한 여전히 중저가 의류는 해외 직구로만 구입할 수 있기 때문에 중저가 의류가 고급이라는 인식도 유지될 수 있죠. 그렇게 되면 제스터는 세계적인 브랜드 반열에 쉽게 오를 수 있을 겁니다."

정호는 왠지 소름이 돋았다.

세세한 전략을 더 들어봐야 알겠지만 이것만으로도 이미 하기진이 그리고 있는 큰 그림을 이해할 수 있었기 때문이었다.

하지만 한편으로는 하기진이 이번 일에 유난히 의욕적인 이유가 의아했다.

'보통 기진 씨는 홍대 예술 마을과 같이 공공의 복지를 위한 일에만 의욕적이었는데……'

정호가 궁금증을 참지 못하고 하기진에게 말했다.

"요즘 부쩍 불이 붙은 느낌이군요. 왜 그러시는 건지 솔직히 이해가 안 됩니다."

하기진이 후후, 하고 웃으며 대답했다.

"자극을 받고 있습니다. 워낙 오 이사님 근처에는 대단한 분들이 많으니까요."

그제야 정호는 하기진이 무슨 말을 하는지 알 수 있었다.

특히 아마 이번 MBS 사장 건에서 활약한 예중태와 김피디가 하기진에게 자극을 줬을 것이다.

'예상치 못한 효과랄까. 중태 씨도 저번에 기진 씨의 능력에 자극받는다고 말했지.'

정호가 속으로 이런 생각을 하며 대답했다.

"서로 자극을 받는다니 기쁘군요. 저도 노력해야겠습니다. 여러분들에 어울리는 사람이 되려면요."

정호의 말에 하기진이 대꾸했다.

"오 이사님은 그만 노력하십시오. 따라가는 뱁새들이 지금 가랑이가 아프다고 놉니다."

사실 정호 주변의 모든 사람들이 가장 자극을 많이 받는 대상은 다름 아닌 정호였다.

◇ ◆ ◇

하기진이 발 벗고 나선 만큼 제스터의 빠른 성장은 따 놓은 당상이나 다름없었다.

그런 까닭에 정호는 더 이상 제스터에 대해서 신경 쓰지 않아도 된다고 판단했다.

뿐만 아니라 지금 현재 좋은 성적을 내고 있는 〈찬란한 책갈피〉에 대해서도 한 걸음 물러나도 되는 상황이었다.

안 그래도 총괄매니지먼트부 3팀이 사활이 건 것처럼 신유나의 케어에 힘을 쓰고 있었다.

'봉팔이가 알아서 잘하겠지. 내가 총괄매니지먼트부 3팀이 아니면 또 어딜 믿겠어.'

이런 생각을 하며 정호는 다른 곳으로 눈을 돌리기로 했다.

'쉬자! 이제 좀 쉬어야겠다!'

원래도 바빴지만 요즘 부쩍 쉴 틈이 없었던 정호였다.

무엇보다 MBS 사장의 건은 정호에게 많은 심적 부담감을 안겨 주었다.

한경수와의 직접적인 대결을 피하며 원하는 바를 얻어야 하는 일종의 외줄타기였기 때문이었다.

'언제쯤 마음 놓고 한경수와 대결을 벌일 수 있을까? 복수가 손에 잡힐 듯 잡히지 않는구나.'

자신도 모르게 이런 생각이 들었던 정호는 고개를 세차게 가로저으며 애써 조급함을 억눌렀다.

'나는 잘하고 있다. 잘하고 있어.'

정호의 생각대로 정호는 꾸준히 복수를 향해 다가가고 있는 중이었다.

특히 MBS 사장의 건과 제스터 건을 통해서 복수에 몇 걸음이나 다가갔다고 할 수 있었다.

'부담감을 밀어놓고 지금은 쉬어야 할 때야. 잘 쉬어야 또 달릴 수 있다.'

그렇게 생각하며 몸을 소파에 파묻었다.

그리고 정호는 잠깐 잠이 들었다.

하지만 그러길 몇 분, 갑자기 울리는 스마트폰 진동 소리에 정호가 잠이 깼다.

지지잉. 지이잉.

달콤한 잠기운을 간신히 물리치며 정호가 전화를 받았다.

"여보세요?"

전화를 건 사람은 다름 아닌 황태준이었다.

"오 이사님, 바쁘십니까?"

황태준의 목소리가 왠지 심상치 않았다.

정호는 몸을 일으키고 고개를 세차게 흔들며 대답했다.

"아니, 깜빡 잠들었다. 무슨 일이야, 황 대표?"

"오랜만에 휴식을 취하시는데 제가 방해했군요. 마음이 급해서 어쩔 수 없었습니다. 죄송합니다."

"그럴 수도 있지, 뭐. 알고 전화한 것도 아닌데……. 정말 근데 무슨 일인데 그래?"

황태준이 조금 망설이면서 대답했다.

"그게 아니라 이번에 제가 들어가는 스릴러 영화 알고 계시죠?"

"당연히 알지. 해른이가 출연하는 거잖아."

최근 지해른은 뉴 아트 필름에서 제작하기로 한 스릴러 영화에 출연하기로 확정이 돼 있었다.

"그거…… 다시 생각해봐야 할지도 모르겠습니다……."

"왜?"

"코끼리팩토리 측에서 투자한다고 소문이 난 스릴러 영화의 규모가 심상치 않거든요."

예상치 못한 부분에서 코리끼팩토리가 튀어나왔고 정호가 긴장했다.

13장. 기억 속에서 사라진

　정호는 기억을 더듬어 봤다.

　이 시기에 코끼리팩토리가 도전하는 스릴러 영화가 무엇인지 생각나지 않았다.

　'뭐지……. 어떤 영화였지?'

　코끼리팩토리가 연관됐다고 하니 괜히 마음이 조급해지는 것 같았다.

　'차분해지자. 생각날 거야.'

　정호는 어렵게 느긋한 마음을 먹었고 계속 코끼리팩토리가 투자, 제작을 감행하는 대형 스릴러 영화가 무엇이었는지 생각했다.

　밥을 먹을 때에도, 미팅을 할 때에도, 회의를 할 때에도,

계속 그 영화가 무엇인지 생각했지만 도무지 떠오르지가
않았다.

그렇게 이틀의 시간이 훌쩍 지나갔다.

그때까지도 아무것도 떠올리지 못한 정호가 속으로 생각
했다.

'코끼리팩토리가 영화에 투자를 한 경우는 흔치 않았다.
있는 놈이 더 하다고 한경수는 생각보다 투자에 소극적인
편이었어. 특히 영화의 경우에는 전문 분야가 아니라고 생
각했기 때문에 더더욱 그랬지.'

정호의 기억에 따르면 코끼리팩토리가 투자, 제작에 모
두 관여했던 영화는 딱 두 편이었다.

하지만 그 두 편의 영화는 모두 시기상 아주 나중의 일이
었다.

또한 해당 영화의 장르도 사극과 SF였다.

정호가 알기론 코끼리팩토리가 도전했던 대형 스릴러 영
화는 없었다.

'그렇다는 건 현재의 시간이 바뀌었다는 것이겠지.'

정호는 꽤나 담담하게 현재의 시간이 바뀌었다는 걸 인
정했다.

늘 이런 일이 생길 수도 있다고 생각해 왔다.

정호가 바꾸는 데 성공한 현재의 사건들이 있는 이상 정
호도 모르게 바뀔 현재의 사건도 있을 거라고 예상한 것이
었다.

오히려 그런 일이 지금까지 벌어지지 않았다는 것이 이상했고 다행스러울 정도였다.

'그나저나 한경수가 나서서 투자, 제작을 감행했다면 성공 가능성 굉장히 높다는 뜻인데. 일단 한번 관련 정보를 모아봐야겠다.'

생각을 정리한 정호는 예중태에게 전화를 걸었다.

정호가 알기로 현재의 시간에서 가장 빠르게 정보를 캐낼 수 있는 사람은 바로 예중태였기 때문이었다.

"중태 씨, 부탁이 있습니다. 정보 좀 모아주십시오."

◇ ◆ ◇

예중태는 빠르게 정보를 모아왔다.

정보를 모아오는 데 걸린 시간은 채 일주일이 되지 않았다.

이사실로 찾아온 예중태가 USB 하나를 건네며 말했다.

"이런 일도 있군요. 예언가께서 저에게 정보를 다 원하고."

예중태의 말에 정호가 웃으며 대꾸했다.

"혹시 모르죠. 확인해 봤더니 제가 이미 알고 있는 정보일지도."

"헛수고를 했을 수도 있다는 뜻이군요."

정호는 대답 대신 어깨만 으쓱해 보인 뒤 데스크톱에

USB를 꽂았다.

예중태가 꼼꼼하게 정리해온 자료들이 한눈에 보였다.

"짧은 시간 내에 이렇게까지 알아오다니. 역시 대단합니다, 중태 씨."

정호의 반응에 흐뭇해하면서도 예중태는 빈정거리는 어투로 대답했다.

"놀랄 것 없습니다. 어차피 다 쓸모없는 정보들일 텐데요."

꼭 미운 일곱 살같이 행동하는 예중태를 그대로 두고 정호는 파일들을 눌러 정보를 확인했다.

그러고는 놀랐다.

코끼리팩토리가 투자, 제작을 감행하는 이번 대형 스릴러 영화의 투자 규모부터 참여 스태프, 그리고 캐스팅된 배우까지, 모든 것이 대한민국 일류급이었기 때문이었다.

정호의 놀라는 표정을 확인했는지 예중태가 물었다.

"이번에는 예언가께서도 몰랐던 정보입니까?"

"전혀요. 대단하군요. 이런 걸 준비하고 있었을 줄이야……."

정호가 순수하게 감탄하자 옆에 서 있던 예중태가 USB에는 없는 정보를 줄줄 읊었다.

"코끼리팩토리가 준비하는 이번 영화 〈룸 인 룸(Room in Room)〉과 뉴 아트 필름의 영화 〈추격의 도시〉를 직접적으로 비교하면 더 놀라실 겁니다. 투자액 자체가 10억 원이상 차이가 나니까요."

"10억 원!"

"뿐만 아니라 출연 배우들의 이름값도 차이가 엄청납니다. 〈추격의 도시〉는 지해른 양을 제외한 모든 배우가 거의 신인이나 다름이 없는데 〈룸 인 룸〉은 웬만한 조연 역할도 주연급 배우가 소화하고 있으니까요."

〈룸 인 룸〉에 캐스팅된 배우의 필모그래피를 확인하며 정호가 고개를 끄덕였다.

"확실히 엄청나군요. 차이람, 정진명도 대단한데 오태석, 양혜정도 나오네요. 무슨 시리즈물이랍니까?"

강여운과 비할 바는 아니지만 차이람, 양혜정은 지해른과 견주어도 손색이 없는 초특급 여자 배우였다.

5년 전만 해도 현재 지해른이 차지하고 있는 위치를 두 여자 배우가 차지하고 있었다고 봐야 했다.

또한 정진명, 오태석은 〈신사의 품위〉를 통해 열풍을 불러일으킨 조준환, 백민후, 차수준보다도 한두 끗 수준이 높다고 평가받는 남자 배우였다.

그만큼 지금까지 성공시킨 드라마와 영화가 많았다.

"감독과 각본가는 또 어떻고요. 〈천년의 강〉, 〈디벨롭(Develop)〉을 연출한 석 감독과 〈랑팡의 시간〉, 〈원(One)〉, 〈숭어와 송어의 차이를 아시나요〉를 쓴 조 작가입니다. 두 사람 다 말이 필요 없는 대가들이죠."

석 감독은 폭력적인 성향으로 인해 소문이 좋지 않았지만

〈천년의 강〉으로 나폴리 영화제에서 황금재규어상을 받은 바가 있을 정도로 세계적인 역량을 인정받은 감독이었다.

뿐만 아니라 조 작가는 〈랑팡의 시간〉으로 니스 영화제에서 각본상을 받았던 이력이 있는 스릴러 영화의 장인이었다.

"장난 아니군요……. 정말 이대로라면 황 대표에게 말을 해서 〈추격의 도시〉의 제작 시기를 늦추거나 개봉 날짜를 늦추는 쪽으로 방향을 잡아야겠습니다."

정호의 의견에 예중태도 동의했다.

아직 정호 주변의 어떤 사람도 정호가 코끼리팩토리에 반감을 가졌다는 것을 몰랐지만 예중태만은 달랐다.

워낙 정보를 다루는 데 익숙하다 보니 지금까지 주어진 정호에 관한 정보에서 이상한 낌새를 느끼고 있었다.

또한 가끔 이렇게 정호가 코끼리팩토리의 정보만을 따로 요청하고 있었기 때문에 코끼리팩토리에 대한 정호의 반감을 눈치 채지 못할 수가 없었다.

물론 그게 단순히 부정적인 반감 정도가 아닌 복수심이라는 것은 알지 못했지만.

"확실히 저런 작품과 대결을 벌이는 위험은 감수할 필요가 없죠. 혹시 몰라 입수한 대본이 있는데 이건 정말 괜한 짓이었군요."

이거야말로 의외의 소식이었기 때문에 정호가 살짝 놀랐다.

아무리 예중태라도 대본을 입수하진 못할 거라고 생각했던 것이다.

"대본이 있어요?"

"아, 조 작가가 투자처를 구하기 위해 트리트먼트로 뿌리던 대본이라서 진짜 대본과는 내용이 많이 다를 겁니다."

"그거라도 어딘가요. 주세요. 읽어보겠습니다."

예중태가 정호에게 순순히 〈룸 인 룸〉의 트리트먼트 대본이 들어 있는 USB를 건넸다.

정호는 USB를 받아 순식간에 대본을 검토했다.

아무리 순식간이라지만 대본을 읽는 데 걸리는 시간이 적지 않았을 텐데도 예중태는 정호 옆을 잠자코 지켰다.

늘 툴툴대긴 해도 시간만 허락한다면 정호와 함께하는 걸 누구보다 좋아하는 사람이 바로 예중태였다.

어쨌든 그사이 정호가 대본을 모두 읽었고 대본을 다 읽은 정호가 고개를 들며 말했다.

"생각이 바뀌었습니다. 〈추격의 도시〉는 〈룸 인 룸〉과 어떻게든 같은 날짜에 개봉하도록 하겠습니다."

정호의 반응을 보고 뭔가를 예감한 예중태가 눈살을 찌푸렸다.

"역시나 예언가에게는 이 모든 게 헛수고였군요."

◇ ◆ ◇

정호가 마음을 바꾼 이유는 트리트먼트 대본을 읽는 순간 알게 된 〈룸 인 룸〉의 정체 때문이었다.

'현재의 시간에서의 제목은 〈룸 인 룸〉이지만 이전의 시간에서 〈룸 인 룸〉은 〈방, 칼, 그리고 손〉이라고 불리던 작품이었다.'

어쩐지 이상하긴 했다.

아무리 현재의 시간이 바뀌었다고 해도 이렇게까지 이전의 시간과 연결고리가 없었던 적은 처음이었기 때문이었다.

정호는 상황이 어떻게 된 것인지 머릿속으로 정리했다.

'〈방, 칼, 그리고 손〉의 원제가 〈룸 인 룸〉이었구나. 이전의 시간에서는 다른 곳에서 투자 및 제작을 했기 때문에 〈방, 칼, 그리고 손〉이라는 제목으로 영화관에 걸렸지만 코끼리팩토리의 손에 들어가면서 〈룸 인 룸〉으로 제목이 유지된 것이겠지.'

그래서 정호가 〈룸 인 룸〉의 정체를 알지 못했던 것이었다.

동시에 〈룸 인 룸〉의 정체가 〈방, 칼, 그리고 손〉이라는 사실을 깨닫고 정호는 안심할 수 있었다.

'〈방, 칼, 그리고 손〉은 이길 수 있다. 아마 어떤 작품이라도 〈방, 칼, 그리고 손〉과 붙는다면 승리할 수밖에 없겠지.'

정호가 이렇게 확신하는 것은 이전의 시간에서 잘 알려진 〈방, 칼, 그리고 손〉의 악명 때문이었다.

〈방, 칼, 그리고 손〉은 한 세기 최악의 영화로 손꼽히던 영화였다.

투자, 감독, 출연진까지 모든 것이 완벽했음에도 불구하고 결정적으로 대본의 한계가 〈방, 칼, 그리고 손〉의 발목을 붙잡았다.

'〈방, 칼, 그리고 손〉의 가장 큰 문제점은 시대를 역행하는 차별적 시선이 영화 저변에 깔려 있다는 점이다……'

딱 5년만 빠르게 제작됐어도 〈방, 칼, 그리고 손〉의 지변에 깔려 있는 차별적 시선은 문제가 되지 않았을 것이다.

하지만 지금의 관객들은 작품을 보는 눈이 높아질 대로 높아진 상태였다.

그러다 보니 〈방, 칼, 그리고 손〉 속에 내제된 차별적 시선을 가볍게 간파했다.

'〈방, 칼, 그리고 손〉에는 모든 것이 들어 있다. 인종에 대한 차별과 여성에 대한 차별은 물론, 조직폭력배에 대한 옹호, 가난한 자에 대한 환멸 등의 모든 차별적 시선이 뒤섞인 괴상망측한 작품이다.'

심지어 정호가 확인한 트리트먼트 대본에서도 그런 차별적 시선이 고스란히 나타나 있었다.

'대본이 이 정도로 망작이라면 투자 규모, 대가급 스태프, 흥행이 보증된 출연진 같은 건 아무런 의미도 없다.

오히려 이건 기회지. 같은 스릴러 영화로 한경수를 찍어 누를 수 있는 기회.'

〈룸 인 룸〉을 제작, 투자를 하는 회사가 다른 곳이었다면 정호는 이런 태도를 보이지 않았을 것이다.

투자 규모, 대가급 스태프, 흥행이 보증된 출연진이 확실히 무섭긴 무서웠기 때문이었다.

하지만 〈룸 인 룸〉을 제작, 투자를 하는 회사가 코끼리팩토리이기 때문에 정호는 확신할 수 있었다.

〈룸 인 룸〉이 망작이 될 거라는 것을.

한경수는 과거에도 비슷한 상황에서 같은 실수를 저지른 적이 있었다.

오로지 투자 규모, 대가급 스태프, 흥행이 보증된 출연진이면 모든 게 가능하다고 믿고 차별적 시선으로 점철된 영화를 개봉시킨 적이 있었다.

영화라는 장르에 대한 몰상식과 현 상황을 냉철하게 바라보려고 하지 않는 무지 때문에 벌어진 일이었다.

그리고 관객은 그 영화를 보며 자신들을 우롱하는 듯한 인상을 받았다.

'심지어 이 일은 원래라면 시기상으로 아주 오랜 시간 뒤에 벌어질 일이지. 그렇기 때문에 한경수는 이번에도 같은 실수를 저지를 것이다. 오히려 그때보다 시기상으로 이른 상황이니 더 큰 실수를 저지를 것이 분명하다고 봐야겠지.'

물론 한경수 밑에서 일하고 있는 사람들이 〈룸 인 룸〉의 치명적인 약점을 알아낸다면 〈룸 인 룸〉은 성공을 할 수 있겠지만 사실 그럴 가능성은 없다고 봐야 했다.

　윗물이 맑아야 아랫물도 맑다고, 한경수 밑에는 한경수처럼 구시대적인 발상을 하는 직원들뿐이었다.

　뭣도 모르고 연예계에 뛰어든 한경수였기 때문에 한경수는 직원들을 대부분 과거의 명성만이 화려한 속 빈 강정들로 뽑았다.

　이런 속 빈 강정은 언제든 이와 같은 실수를 저지를 수 있는 시한폭탄 같은 존재였다.

　'이걸 바꿔준 것도 나였지. 하지만 이번 시간에서는 이걸 바꿔줄 사람이 없을 거다, 한경수.'

　정호는 이번 기회를 잘 활용하여 한경수에게 피해를 줄 생각이었다.

　더불어 한경수가 다시는 영화의 투자 및 제작 쪽에는 관심을 두지 못하게 할 예정이기도 했다.

14장. 부푼 꿈, 오디션

충무로에 있는 뉴 아트 필름의 사무실.

정호가 그곳의 대표실에서 선언하듯 말했다.

"〈룸 인 룸〉과 한판 붙자."

정호가 물러나지 않고 〈룸 인 룸〉과 한판 대결을 벌이겠다고 말하자 놀란 것은 뉴 아트 필름의 대표인 황태준이었다.

"어…… 진심이십니까, 오 이사님?"

예중태만큼 상세하게는 아니지만 〈룸 인 룸〉의 대략적인 투자 규모를 알고 있는 황태준으로서는 솔직히 껄끄러운 게 당연했다.

황태준도 〈추격의 도시〉에 적지 않은 투자를 할 예정이었지만 〈룸 인 룸〉에 비하면 〈추격의 도시〉가 저예산 영화처럼 보일 정도였기 때문이었다.

황태준이 결국 부정적인 의견을 내놓았다.

"솔직히 게임이 될까요?"

"물론이지. 네가 만드는 영화를 못 믿는 거야?"

"아니…… 그런 건 아니지만……."

"그럼 뭐? 해른이를 못 믿는 건가?"

정호의 장난에 황태준이 손사레를 쳤다.

"아, 아니! 무슨 그런 말을 하세요! 절대 아닙니다!"

대표가 되고 나서도 여전히 자신의 앞에서는 어리숙한 면모를 보이는 황태준을 보며 정호가 피식 웃었다.

"걱정 마. 나도 다 생각이 있으니깐."

황태준은 그 생각이라는 게 당장 무엇인지 궁금한 모양이었다.

"어떤 생각이세요? 혹시 캐스팅된 배우를 교체하실 건가요?"

황태준의 말에 정호의 눈이 날카로워졌다.

"뭐야, 내가 그럴 사람으로 보여?"

"아니…… 그런 게 아니면 딱히 방법이 없으니까요……."

"절대 그럴 일 없어. 우리 회사 소속 배우가 아니라지만 그들도 꿈을 좇아 〈추격의 도시〉의 오디션을 본 건데 그럴 수 있겠어? 혹시라도 나중에 같은 일이 발생해도 그런 생각은 하지 마라, 태준아. 영화를 보는 것도 사람이지만 영화를 만드는 것도 사람이야."

"네…… 죄송합니다……."

한 회사의 대표나 되는 애를 너무 잡았다는 생각이 들어서 정호가 밝은 목소리로 말했다.

"그래, 알았으면 됐어. 너도 알 텐데 그냥 해본 말이야. 현재 정해진 것 중에서 바꾸는 건 없어. 전부 그대로 갈 거야."

"그래요?"

"응. 하지만 아직 정해지지 않은 자리가 있지?"

정호의 물음에 뭔가를 깨달은 황태준이 대답했다.

확실히 〈추격의 도시〉에는 아직 마땅한 배우를 찾지 못해 캐스팅이 되지 않은 배역이 하나 있었다.

"설마……."

"맞아. 그 자리를 채워야지. 나한테 괜찮은 배우가 있는데 한번 볼래?"

청월에서 가장 바쁜 사람이 정호라는 데에는 이견을 낼 사람이 없지만 그렇다고 해서 다른 사람들이 놀고 있는 것은 아니었다.

특히 정호가 야심차게 발족한 인재개발팀은 어느 팀보다도 열정적으로 업무에 임하고 있었다.

인재개발팀의 할 일은 크게 다섯 가지였다.

1. 주기적으로 공개 및 비공개 오디션을 열어 신인을 발굴한다.

2. 체계화된 교육을 통해서 발굴된 신인을 데뷔가 가능한 연예인으로 육성한다.

3. 소속사와 계약이 만료된 경력 있는 연예인을 찾아 회사로 영입한다.

4. 위의 세 가지 방법에서 놓칠 수 있는 인재를 찾기 위해서 틈이 날 때마다 현장 조사를 나가 길거리 캐스팅을 시도한다.

5. 이렇게 각종 방법으로 캐스팅한 연예인들의 적당한 데뷔 무대(작품) 및 컴백 무대(작품)을 선정한다.

물론 이 다섯 가지의 일을 모두 인재개발팀이 단독으로 하는 것은 아니었다.

예를 들어, 오디션을 열기 위해서는 홍보팀의 도움을 받을 필요가 있었고 데뷔 무대(작품) 및 컴백 무대(작품)을 선정하기 위해서는 총괄매니지먼트부와의 연계가 필수적이었다.

하지만 그럼에도 불구하고 인재개발팀은 노고는 모든 팀들이 인정하고 있었다.

나라의 근간이 교육이라는 말이 있듯이 인재개발팀은 청월에게 있어선 일종의 교육 기관 같은 곳이었고 이에 따라 중요성이 더욱 대두될 수밖에 없었기 때문이었다.

거기에 청월의 살아 있는 전설이라고 할 수 있는 정호가 직접 발족한 팀이라는 자부심이 더해지니 인재개발팀 직원들은 누구보다도 열정적으로 변했다.

그리고 그런 인재개발팀의 팀장인 김재석은 최근 고민이 있었다.

고민은 다른 것이 아니었다.

다섯 명의 조연급 배우 영입 이후 이렇다 할 인재를 키워내지 못했다는 것이 바로 김재석의 고민이었다.

'지금 좋은 인재들을 캐스팅해서 교육하고 있지만 성과를 얻으려면 너무 많은 시간이 걸린다. 어디 괜찮은 연예인이 없을까? 하나만 더 터뜨려 준다면 우리 팀이 확실히 자리를 잡을 수 있을 것 같은데……'

아무도 압박을 주지 않고 있고 인재개발팀은 다른 팀들과 연계하여 꾸준히 좋은 성과를 내는 중이었지만 어쩔 수 없이 큰 부담감에 시달리고 있었다.

다름 아닌 인재개발팀에 비해 다른 팀들이 너무나도 잘나갔기 때문이었다.

'음반제작팀은 〈찬란한 책갈피〉를 만들었고, 의상팀은 제스터와 연계하여 의류 사업의 파란을 일으키고 있다. 거기에 총괄매니지먼트부와 홍보팀, 기획팀은 여전히 최고의 팀이고. 이대로라면 우리 팀이 너무 밀리는데……'

이런 생각을 하고 있을 때 인재개발팀 직원이 부장실로 들어왔다.

"김 팀장님? 지금 오디션 준비 끝났습니다?"

"그래? 알겠어. 지금 나갈게."

◇ ◆ ◇

오디션이 진행된 지 세 시간째.

초조한 마음과는 달리 좋은 인재가 너무나도 없었다.

인재개발팀 부팀장이 길게 하품을 하며 김 팀장에게 말했다.

"이번 오디션은 실패인가 본데요? 저번보다 전체적으로 수준이 좀 떨어져요."

김 팀장이 고개를 끄덕이며 답했다.

"확실히 좀 별로다. 이제 몇 팀 남았지?"

김 팀장의 물음에 인재개발팀 직원이 답했다.

"한 팀이요."

"그래? 알겠어. 서둘러 끝내고 오늘은 간단하게 돼지껍데기에 소주 한잔하자. 너무 스트레스를 받아서 안 되겠어."

김 팀장의 말에 인재개발팀 부팀장이 의욕적으로 변해서 대답했다.

"좋죠, 돼지껍데기! 어서 다음 팀 들어오라고 그래!"

부팀장의 지시를 인재개발팀 직원이 전했고 바로 다섯 명으로 이뤄진 다음 팀이 들어왔다.

김 팀장과 인재개발팀 부팀장이 마주 보며 고개를 끄덕였다.

전체적인 인상은 나쁘지 않았다.

특히 몇 사람은 외모가 굉장히 출중한 편이었다.

하지만 이곳은 모델이 아닌 배우를 뽑는 오디션장이었다.

아무리 잘생겨도 연기를 못하면 뽑을 수 없었다.

정호가 입버릇처럼 꺼내면서 청월의 신조처럼 굳어진 말이 하나 있었다.

그것은 바로 "잘생긴 사람은 많고 잘하는 사람은 적다."라는 말이었다.

김 팀장이 다시금 그 신조를 떠올리며 오디션을 보기 위해 들어온 팀원들에게 말했다.

"대본은 A부터 E까지 총 다섯 개입니다. 그중 하나를 뽑아서 대본에 맞춰서 즉흥 연기를 하시면 됩니다. 누가 먼저 해도 상관없고 앞서 했던 대본을 또 해도 상관없습니다. 대신 먼저 하면 대본 숙지 시간이 촉박할 테고 앞서 했던 대본을 또 하면 앞사람과 바로 비교 대상이 되겠죠? 이 정도면 설명은 충분할 겁니다. 자, 알겠으면 시작합시다."

오디션장에 들어온 다섯 명은 서로의 눈치를 보더니 다섯 부의 대본을 빠르게 훑어보기 시작했다.

그러더니 몇몇 사람이 앞에 나와 연기를 시작했다.

그와 동시에 기대감에 젖어 있던 김 팀장과 인재개발팀 부팀장의 표정이 굳어갔다.

심사위원으로 참관한 인재개발팀의 다른 직원들도 사정은 마찬가지였다.

네 번째 사람의 연기까지 보고 김 팀장이 속으로 생각했다.

'확실히 이번 오디션은 좀 아니군. 이거 이 정도면 돼지 껍데기를 먹는 게 아니라 다 같이 나가서 길거리 캐스팅이라도 해야 될 판인데…….'

괜한 압박감을 느끼고 있는 상황이다 보니 절로 이런 생각이 들었다.

물론 돼지껍데기를 포기할 수 없으니 반만 진심이었지만.

그렇게 완전히 이번 오디션을 포기했을 때 신중하게 다섯 부의 대본을 훑어보고 연습하던 한 남자가 일어났다.

평범한 얼굴에 크지 않은 키를 가진 배우지망생이었다.

나이도 적어 보이지 않아 이번 팀이 들어왔을 때 인상이 제일 좋지 않았던 인물이었다.

"여기 가운데에서 서서 연기하면 되나요?"

심지어 남들이 하지 않던 질문까지 했다.

인재개발팀 부팀장이 얼굴이 찡그려지는 게 당장 그만하고 나가라고 할 기세였다.

김 팀장이 그런 부팀장을 말리듯 끼어들었다.

어차피 마지막이니 연기라도 봐주겠다는 마인드였다.

부푼 꿈을 가지고 이 자리에 나온 사람을 그냥 보내는 것도 예의가 아니란 생각도 들었다.

인재개발팀 부팀장도 그런 김 팀장의 마음을 알았는지 잠자코 마지막 참가자의 연기를 강 건너 불구경하듯 쳐다봤다.

다른 인재개발팀 직원들도 비슷한 태도였다.

그러나 잠시 후, 모든 직원들이 몸을 앞으로 기울인 채 남자의 연기에 집중했다.

남자의 연기가 끝나자 김 팀장이 물었다.

"198번. 이름이 뭐라고 했죠?"

◇ ◆ ◇

김 팀장에게 갑작스럽게 전화가 왔을 때만 해도 정호는 의아했다.

얼마나 대단한 신인 배우가 들어왔기에 이런 반응일까 싶은 생각도 들었다.

하지만 김 팀장이 자부심에 젖어 데려온 배우의 얼굴을 보는 순간 정호는 놀랄 수밖에 없었다.

'이 사람이 어째서 여기에……?'

정호도 아는 배우였다.

이전의 시간에서 천재 배우로 시대를 풍미했던 전설 중의 전설 같은 배우였다.

정호가 내심 놀라고 있는 사이, 김 팀장이 남자를 인사시켰다.

"제가 말씀드렸던 그 배우입니다, 오 이사님. 박태석 씨, 뭐 하세요. 어서 이사님한테 인사드리지 않고."

박태석이 쭈뼛쭈뼛 다가와 정호에게 인사했다.

배우라기엔 유난히 숫기가 없는 박태석이었다.

연예인에게 무엇보다 중요한 '끼'라는 게 전혀 보이질 않는다는 생각이 들 정도로.

"반갑습니다, 오 이사님……. 저는 이번에 새로 들어온 신인 배우 박태석이라고 합니다……."

박태석의 인사에도 불구하고 정호가 아무런 반응도 없이 박태석을 가만히 바라만 보고 있자 김 팀장이 긴장했다.

'마음에 안 드시는 걸까? 그러면 안 되는데……'

김 팀장은 정호에게 보여주기 위해 박태석을 데려올 때만 해도 자신만만한 상태였다.

박태석의 연기를 보는 순간, 정호가 놀라 자빠질 것이라고 생각했기 때문이었다.

그만큼 그날 김 팀장과 인재개발팀이 확인한 박태석은 연기는 엄청났다.

평생 그런 연기를 본 적이 없었다는 생각이 들 정도로.

그러다 보니 자신만만할 수밖에 없었다.

하지만 지금 김 팀장을 어느 때보다도 마음을 졸이고 있었다.

아무리 연기나 노래를 잘하고 외모가 잘생기고 예뻐도, 청월에 있어서 절대 바뀌지 않는 불문율의 법칙이 하나 있었는데, 그것은 바로 정호가 뜨지 못할 것 같다고 말하면 정말 그 연예인이 뜨지 않는다는 사실이었다.

물론 정호는 특정 연예인을 두고 뜨지 못할 것 같다는 소리를 단 한 번도 한 적이 없었지만 어느새 청월에는 그런 소문이 돌았고 그 소문을 기정사실화하여 받아들이고 있었다.

'설마…… 태석 씨가 뜨지 않을 거라고 생각하시는 건가? 휴…… 그렇다면 다른 연예인을 찾아야 할 텐데 벌써부터 막막하구나…….'

김 팀장이 이런 생각을 하고 있을 때 쭈뼛쭈뼛 손을 내밀고 있는 박태석을 정호가 갑자기 와락 끌어안았다.

그러더니 말했다.

"와주셔서 감사합니다. 정말 감사해요."

김 팀장은 정호가 박태석의 연기를 보고 나서야 놀라 자빠질 거라고 생각했지만 사실 정호는 박태석을 보자마자 놀라 자빠지기 일보 직전이었다.

박태석은 충분히 그럴 가치가 있는 배우였다.

매니지먼트

15장. 정말 죽여주는 제왕

　박태석을 만났다는 사실에 너무 반가워서 포옹을 했지만 포옹을 한 후 정호는 아차, 싶었다.

　정호와는 달리 박태석은 정호를 처음 보는 상황이었기 때문이었다.

　정호는 포옹을 풀며 말했다.

　"아아, 제가 미국을 하도 왔다 갔다 했더니 착각했군요. 여긴 한국인데 말입니다. 어쨌든 만나서 반갑습니다."

　박태석이 얼떨떨해하며 대답했다.

　"네, 네…… 저도요."

　"너무 놀란 건 아니시죠?"

　"아, 아닙니다. 다만 이런 환대를 받아보는 게 처음이라서……."

"앞으로 이런 환대를 받을 일이 많을 겁니다. 능력을 인정받아 청월에 들어왔으니 분명 대단한 스타가 될 테니까요."

"그, 그랬으면 좋겠네요."

다행히 박태석은 아까의 포옹에 큰 의미를 두지 않는 것 같았다.

오히려 의미를 두는 쪽은 김 팀장이었다.

정호는 반쯤 멍하니 서 있는 김 팀장에게 말을 걸었다.

"그럼 김 팀장, 안내 좀 해주세요."

"네?"

"태석 씨를 인사시키려고 마련한 자리 아닌가요? 뭘 준비했나요? 식사면 좋겠는데요?"

적극적인 정호의 반응에 김 팀장이 식은땀을 흘리며 말했다.

"식사는 아니고…… 혹시 몰라 간단하게 차와 다과를 준비하긴 했습니다. 가서 같이 차와 다과를 즐기면서 담소를 좀 나누고 태석 씨의 연기도 보고 하면 좋을 것 같아서요."

"오, 잘됐네요. 그런데 괜찮겠습니까? 초면에 연기를 보여 달라는 게 실례일 수도 있으니까요."

정호의 말에 박태석이 대꾸했다.

"저, 저는 괜찮습니다……. 또 오디션은 본다고 생각하면……."

"하하하, 그래요. 다행이네요. 괜찮다면 부탁을 좀 드리겠습니다."

그렇게 두 사람이 앞서서 걸어갔고 김 팀장이 속으로 생각했다.

'어떻게 갑자기 이런 전개로 이어지는 거지? 그보다 오 이사님이 누군가를 저렇게나 반가워한 적이 있었나?'

박태석이 나중에 어떤 인물이 되는 줄 안다면 정호의 반응을 이해하겠지만 그걸 모른다면 의아해할 수밖에 없는 상황이긴 했다.

◇ ◆ ◇

잠시 후, 박태석의 연기를 본 정호는 소름이 돋는 팔을 쓰다듬으며 확신했다.

'그 박태석이 확실하다. 대박이다. 대박이야!'

연기 천재 박태석은 정호가 기억하는 최고의 배우였다.

멜로면 멜로, 액션이면 액션, 스릴러면 스릴러, 도무지 못하는 게 없는 백 년에 한 번 나올까 말까 한 천재 중의 천재가 바로 박태석이었다.

특히 방금 박태석이 보여준 사이코패스 연쇄살인마 연기는 보는 순간 겁에 질릴 정도로 완벽했다.

진짜 사이코패스 연쇄살인마가 자신을 위협한다는 생각이 들 정도로.

'아직 연기력이 완전히 여물지 않았을 텐데 이 정도라니…… . 나중에 완전히 여물면 어떤 연기를 눈앞에서 보여 줄까…… .'

벌써부터 기대가 됐다.

그리고 동시에 정호의 머리가 빠르게 돌아갔다.

박태석을 출연시키면 좋을 만한 작품을 찾기 위해서.

그때 떠오른 것이 바로 〈추격의 도시〉였다.

조금 느낌이 다르긴 하지만 방금 박태석이 보여준 사이코패스 연쇄살인마 역할이 등장하는 영화가 〈추격의 도시〉였기 때문이었다.

애초부터 정호는 박태석을 〈추격의 도시〉에 출연시킬 생각이었다.

코끼리팩토리가 〈롬 인 롬〉을 준비하고 있다는 소식을 듣기 전부터 말이다.

정호가 그렇게 회상에 젖어 있을 때 황태준이 말했다.

"어떤 배우인지 기대가 되는군요. 저는 이사님이 원하시면 언제든 오디션을 볼 요량이 있습니다."

황태준의 말을 듣고 회상에서 돌아온 정호가 미소를 지으며 대꾸했다.

"그럴 줄 알고 태석 씨를 불렀어. 조금 있으면 도착할 거야."

"태석 씨요? 그 사람이 〈추격의 도시〉의 하해일 역의 오디션을 볼 사람입니까?"

"맞아."

황태준이 자리에서 일어나 서둘렀다.

"그럼 광 감독을 불러야겠군요. 기다려 주세요. 아마 근처 사우나에서 몸을 지지고 있을 겁니다."

한 시간 후, 순식간에 오디션 장소가 마련됐다.

방금 사우나를 마치고 돌아와 얼굴이 발갛게 달아오른 광 감독, 그리고 황태준이 뉴 아트 필름의 간부 몇과 함께 나란히 자리에 앉았고 박태석이 그 앞에 섰다.

워낙 청월의 배우들과 인연이 깊은 광 감독이 호의적인 미소를 띤 채 말했다.

"청월의 또 다른 보석을 만나는 자리라니…… 벌써부터 기대되는군요. 안녕하세요, 저는 광 감독이라고 합니다."

광 감독의 인사에 박태석이 대답했다.

"아, 안녕하세요……. 바, 박태석입니다……."

하지만 박태석의 인사를 들은 광 감독의 표정에서는 호의적인 미소가 싹 사라졌다.

보통 저렇게 숫기가 없는 배우는 '끼'가 없기 마련이었기 때문이었다.

'보통 청월의 배우라면 그냥 쓰겠지만 이번에는 정중히 거절해야 할지도 모르겠는데…….'

광 감독은 내심 이런 생각을 하며 말했다.

"그럼 바로 연기를 보죠. 시작하세요."

하지만 막상 박태석의 연기가 시작되자 광 감독은 자신의 편견에 욕을 퍼부어 주고 싶어졌다.

표정이 180도 변한 박태석이 완벽한 〈추격의 도시〉의 사이코패스 연쇄살인마가 되어 광 감독을 위협했기 때문이었다.

'말도 안 돼……! 이런 연기라니 말도 안 된다고……!'

박태석의 연기가 끝난 후에도 광 감독은 한동안 말을 잇지 못했다.

옆에서 놀라기는 황태준과 뉴 아트 필름의 다른 직원들도 마찬가지였다.

이 오디션 장소에서 멀쩡하게 서 있는 사람은 단 두 사람뿐이었다.

그 두 사람은 다름 아닌 직접 연기를 선보인 박태석과 이전의 시간에서부터 박태석의 연기를 보아온 정호였다.

정호가 피식, 웃으며 말했다.

"오디션 전에 기저귀를 차라고 한다는 것을 깜박했네요."

정호의 농담에 그제야 사람들이 현실로 돌아오며 돌아왔다.

물론 그냥 돌아오지 않았다.

저마다 "와, 대박인데?", "미쳤다…….", "인간 맞아……?", "난 진짜 쌀 뻔했어." 하는 소리를 빼먹지 않았다.

현실로 돌아온 광 감독은 지금의 상황이 어이없는지 하하하 웃기만 할 뿐 계속 말을 잇지 못했다.

그만큼 박태석의 연기가 엄청났다.

그래도 대표라고 황태준만이 금세 현실로 돌아오며 정호의 말을 받았다.

"말이 필요 없는 엄청난 연기군요! 진짜 미리 말씀 좀 해 주시지 그랬어요. 말은 필요 없지만 기저귀는 반드시 필요했는데……."

한마디씩 늘어놓는 사람들의 칭찬에 박태석이 겸언쩍다는 듯 머리만 긁적였다.

하지만 사람들은 이제 그런 박태석을 만만하게 볼 수 없었다.

박태석의 천재성을 엿본 이후였기 때문이었다.

벌써부터 본격적인 촬영이 기대되는 정호였다.

◇ ◆ ◇

박태석의 출연이 그렇게 확정됐다.

그리고 한 달 후, 〈추격의 도시〉의 촬영이 시작됐다.

이미 한 차례 대본 리딩을 위해 만난 바 있는 배우들이 인사를 나눴다.

어느덧 노련한 배우가 된 지해른이 신인 배우들의 인사를 활기차게 받아줬다.

정호가 그 모습을 보면서 흐뭇해했다.

'연기에 몰입하지 못할 때 부끄러워하던 애가 해른이였는데, 많이 컸네.'

정호는 개인적으로 지해른에게 고마움을 느끼고 있었다.

강여운이나 밀키웨이와는 달리 많은 부분에서 케어를 해주지 못했음에도 불구하고, 지해른은 지금까지 좋은 배우로 차근차근 성장해 주었기 때문이었다.

그래서 한편으론 왠지 미안한 마음이 들기도 했다.

'더 많은 걸 해줬으면 좋았을 텐데…….'

정호가 그렇게 생각에 빠져 있는데 정호의 곁으로 지해른의 담당 매니저로 활동 중인 양지태가 다가왔다.

"오셨습니까, 오 이사님."

정호가 고개를 돌려 양지태를 확인하고 대답했다.

"그래. 어디 다녀왔냐?"

"잠깐 해른이의 간식 사가지고 왔습니다. 해른이 긴 촬영할 때면 언제나 육포를 먹는 게 습관이라서…….."

슬쩍 정호가 양지태가 싸들고 온 검은색 봉투를 살펴보니 육포가 한가득 들어 있었다.

신경을 써주지 못하는 사이, 지해른에게 자신도 모르는 버릇이 하나 생긴 모양이었다.

왠지 씁쓸했다.

양지태가 그런 정호의 표정을 보고 오해를 했는지 서둘러 말했다.

"그렇다고 해서 해른이가 간식을 먹느라고 체중을 조절도 못하고 그러지는 않아요. 그래도 신경 쓴다고 육포를 조금씩 침으로 불려서 먹거든요."

"그러냐?"

"네, 네. 정말이에요."

자신이 담당하는 연예인이 괜한 피해를 받을까봐 안절부절못하는 양지태를 보니 그래도 기분이 좀 나아졌다.

이런 매니저가 곁에서 지해른을 지켜줬다는 데 안심이 되기도 했고.

더 있어도 됐지만 정호는 자리에서 일어나 박태석을 보러 가기로 했다.

여기에 서서 지해른을 보고 있으면 미안한 마음이 더 커질 것 같았기 때문이었다.

정호가 양지태에게 오십만 원짜리 수표 한 장을 꺼내주며 말했다.

"해른이가 좋아한다면 더 비싼 걸로 먹여. 이 안 상하게 부드럽고 좋은 걸로."

그렇게 말한 뒤, 정호가 자리를 이동하는데 정호의 표정이 못내 마음에 걸렸던 양지태가 뒤에서 정호에게 말을 걸었다.

"저기…… 오 이사님!"

"응, 왜?"

정호가 고개를 돌려 양지태를 바라보자 양지태가 랩을

하듯 말을 쏟아냈다.

"해른이는 다 이해한대요. 비록 오 이사님이 예전만큼 자신을 챙겨주지 못하는 걸 알지만 큰일을 하는 사람이니 괜찮다고, 배우보다는 매표소 직원에 가까웠던 자신을 이곳으로 데려와준 것만으로도 너무나 감사하고 지금 행복하다고요. 그러니깐 해른이는 다 이해한대요. 그리고 오 이사님을 정말 아버지처럼……."

여기까지 듣고 정호는 참지 못하겠다는 듯 말했다.

"그만!"

양지태가 말꼬리를 흐렸다.

"아버지처럼……."

정호가 다시 한 번 말했다.

"그만해. 나도 알아. 해른이가 날 어떻게 생각해 주는지……."

양지태가 입을 다물고 한 템포 쉬더니 말했다.

"아시는군요. 다행입니다."

정호는 고개를 끄덕인 뒤, 뒤돌아 걸어가며 중얼거리듯 대꾸했다.

"고맙다. 해른이한테 꼭 좋은 거 사줘라."

정호가 그렇게 멀어졌다.

화장실을 가려던 지해른이 가까운 곳에서 두 사람의 대화를 들었다는 걸 미처 깨닫지 못한 채.

잠시 후, 양지태가 말했다.

"나와, 해른아."

양지태의 말을 듣고 건물 한쪽에 몸을 숨기고 있던 지해른이 슬쩍 나왔다.

양지태가 그런 지해른을 보더니 서둘러 다가갔다.

"우는 거야?"

양지태가 물었고 지해른이 대꾸했다.

"그럼 안 울겠어요? 오 이사님이 나를 저렇게나 생각해 주시는데……."

양지태는 그런 지해른에게 손수건을 건네며 고개를 절레절레 저었다.

도저히 두 사람의 끈끈한 애정만큼은 넘을 수 없겠다는 생각을 하며.

물론 양지태도 지해른에게 사랑받는 소중한 담당 매니저였지만 말이다.

◇ ◆ ◇

정호가 박태석의 대기 장소로 이동하자 박태석이 가볍게 대본을 숙지하고 있는 모습이 보였다.

본인은 가볍게 대본을 숙지한다고 있었지만 주변의 누구도 박태석에게 다가가지 못했다.

심지어 산전수전 다 겪은 노련한 의상팀의 직원도 안절부절못하며 서 있을 정도였다.

대본을 가볍게 읽는 것만으로 사이코패스 연쇄살인마의 느낌이 절로 났기 때문이었다.

정호가 그런 박태석에게 웃으며 다가갔다.

"태석 씨!"

정호의 부름을 듣고 잠에서 깨어난 것처럼 박태석이 고개를 들었다.

그러는 동시에 평소의 순진한 모습으로 돌아와 있는 박태석이었다.

박태석이 정호를 향해 대꾸했다.

"아, 아. 오셨습니까?"

정호가 고개를 끄덕이며 박태석에게 물었다.

"네. 어때요, 오늘 컨디션은?"

정호의 질문에 박태석이 더듬더듬 과장된 액션을 취하며 대답했다.

"조, 좋습니다! 아, 아주 죽여줘요!"

이렇게 아주 순진한 목소리로 컨디션이 죽여준다고 말하던 박태석은 광 감독의 레디, 소리를 듣자마자 돌변했다.

"죽여 버리겠다."

정말 죽여주는 〈추격의 도시〉 촬영의 본격적인 시작이었다.

〈추격의 도시〉는 평범한 영화였다.

정호의 기억 속에서도 〈추격의 도시〉는 대단한 흥행 기록을 남기지 못했다.

투자 규모, 대본의 재미, 감독의 연출력 등 모든 것이 간신히 평균을 웃돌았다.

물론 광 감독은 좋은 연출력을 가진 좋은 감독이었지만, 평범함을 특별함으로 바꿀 감독 정도까지는 아니었다.

그렇기 때문에 광 감독마저도 〈추격의 도시〉에서는 평범한 수준이었다.

'심지어 이전의 시간에서는 더 심했지.'

이전의 시간에서는 이 세 가지에 더해 배우마저도 평범

했다.

지금이야 지해른이라는 확실한 카드가 있었지만 이전의 시간에서는 지해른이 아닌 다른 배우가 〈추격의 도시〉의 주인공 역할을 맡았다.

그뿐만이 아니라 사이코패스 연쇄살인범을 쫓는 주인공 역할만큼이나 중요하다고 할 수 있는, '사이코패스 연쇄살인범'이 평범하다는 게 핵심적인 문제였다.

'하지만 이번에는 다르다. 이번에는 사이코패스 연쇄살인범를 쫓는 주인공과 사이코패스 연쇄살인범이 모두 특별한 배우니깐.'

정호는 〈추격의 도시〉의 흥행을 확신했다.

단순히 〈룸 인 룸〉보다 좋은 흥행 기록을 남길 거라는 수준의 기대가 아닌 정말 〈추격의 도시〉가 엄청난 돌풍을 일으킬 거라는 확신이 정호에게는 있었다.

그것은 다름 아닌 〈추격의 도시〉를 특별하게 만들어주고 있는 지해른과 박태석이라는 두 배우로부터 기인하는 확신이었다.

'지해른과 박태석이라는 카드가 생기는 순간, 〈추격의 도시〉는 이미 평범을 넘어섰다!'

◇ ◆ ◇

〈추격의 도시〉의 촬영 현장.

현장에서는 〈추격의 도시〉의 핵심이라고 할 수 있는 지해른과 박태석의 추격 신이 한창 촬영 중에 있었다.

사이코패스 연쇄살인범의 쫓는 형사 공민정 역할을 맡은 지해른이 추격 동선을 면밀히 체크했다.

광 감독도 지해른의 곁에서 밀착 지시를 내렸다.

"이쪽에서 플라스틱 상자가 떨어질 거야. 와르르 떨어지는 장면이 카메라에 잡히고 그중 서너 개를 네가 재치 있게 피해야 해. 이따 스턴트맨이 보여줄 테니깐 잘 봐봐. 그리고 이쪽으로 돌아가면 2초 후 자동차가 갑자기 등장할 거야. 연쇄살인범은 이 자동차를 다소 무모하게 몸으로 받아쳐 넘을 테지만 너는 그걸 깔끔한 동작으로 피해야 해. 마치 이런 추격이 익숙하다는 느낌을 주면서 말이야. 그리고……."

추격 신에서 더 중요하고 조심해야 하는 것은 쫓기는 쪽이 아닌 쫓는 쪽이었다.

쫓기는 쪽은 쫓는 쪽을 저지하기 위해 다양한 사물을 이용하기 마련인데 이때 촬영 전 확실한 약속이 되지 않으면 쫓는 쪽은 부상을 입을 가능성이 컸다.

모든 지시 사항을 전파하고 스턴트맨의 시범이 끝난 뒤 광 감독이 물었다.

"어때, 해른아. 할 수 있겠어?"

광 감독의 질문에는 정말 대역을 쓰지 않아도 되겠냐는 물음이 담겨 있었다.

지해른이 여유롭게 웃으며 대꾸했다.

"물론이죠. 제가 이런 거 한두 번 해보나요."

광 감독은 고개를 끄덕였다.

이미 몇 차례 지해른과 작품을 함께한 바 있는 광 감독이었다.

지해른은 과거에도 난이도 높은 스턴트 촬영을 여러 차례 직접 해낸 적이 있었다.

'신체 능력까지 자신이 맡은 역할에 맞춘다. 그게 몰입 귀신 지해른이 지금의 배우로 성장한 원동력이지.'

광 감독이 속으로 지해른에게 이런 평가를 남겼다.

누구보다 지해른을 잘 알고 있는 감독다운 평가였다.

지해른의 데뷔 이전에 이미 연출력을 인정받았던 광 감독이었다.

그래서 그런지 예전에는 자신이 지해른을 키워 준다는 느낌이었다.

하지만 어느 순간부터 지해른은 능력부터 인지도까지 모든 면에서 광 감독을 훌쩍 추월했고 요즘은 인정하지 않을 수가 없었다.

광 감독 본인이 지해른의 덕을 보고 있다는 것을.

'나도 노력해야지. 해른이한테 밀리지 않으려면.'

이런 다짐을 하면서 광 감독이 물러나 박태석에게 갔다.

"태석 씨, 동선 체크합시다."

이제 자신을 위협하는 또 다른 배우를 도울 시간이었다.

그렇게 박태석에게 다가가는 광 감독의 등을 지해른이 눈으로 쫓았다.

사실 여유로운 표정과는 다르게 지해른은 어느 때보다도 긴장하고 있었다.

요즘 왠지 모를 위기감을 느끼는 지해른이었다.

그럴 수밖에 없는 게 얼마 전까지만 해도 청월의 연기 천재는 자신이었다.

몰입 귀신이라는 별명처럼 '몰입'이라는 단어에 가장 어울리는 사람은 언제나 지해른이었고 '연기 천재'라는 찬사도 언제나 지해른의 몫이었다.

그런데 박태석이 들어오면서 상황이 달라졌다.

이제 '몰입의 천재'라는 소리를 듣는 것은 박태석이었기 때문이었다.

지해른은 박태석에게 적극적으로 지시를 내리고 있는 광 감독을 보며 질투의 마음이 슬금슬금 생겨나는 것을 느꼈다.

하지만 이내 고개를 가로저으며 생각했다.

'아니야. 이런 못난 꼴을 보여서는 안 돼, 해른아. 같은 소속사의 식구한테 질투라니…… 오 이사님이 알면 기겁을 하실 거야.'

그렇게 지해른은 자신도 모르게 정호를 떠올렸고 동시에 마음이 찌릿하게 아팠다.

'오 이사님……'

최근 우연히 정호와 양지태의 대화를 엿듣게 된 지해른 이었다.

그 뒤 지해른은 마음이 편치 않았다.

무엇보다도 자신을 그렇게나 생각해 주는 정호의 기대에 못 미칠까봐 부담스러웠다.

이게 사실 지해른이 자신도 모르게 박태석을 견제하는 결정적인 이유였다.

'휴…… 아니야. 잊자. 연기에 집중해야 해.'

잠시 시기와 질투의 마음이 생겼지만 지해른은 그래도 프로였다.

이런 중요한 촬영에서 자칫 잘못하다가는 부상을 입을 수 있다는 걸 누구보다 잘 알았다.

'내가 부상을 입는 건 아무것도 아니야. 다만 촬영이 생기는 것만큼은 용납할 수 없어.'

지해른은 그렇게 프로 의식을 다잡았다.

그러고는 연습을 하기 위해 옆에서 대기 중인 스턴트맨 에게 다가갔다.

광 감독이 박태석에게 지시를 내린 사이 실전에 가까운 연습으로 동선을 체크하기 위함이었다.

"혁태 씨, 연습 부탁 좀 드릴게요."

현장의 모든 배우와 스태프의 이름을 외우고 있는 사려 깊은 지해른이 스터트맨 강혁태에게 부탁했고, 강혁태가 대답했다.

"아아, 물론이죠. 어느 장면부터 하실까요?"

"처음부터요."

광 감독이 박태석에게 열정적으로 지시를 하느라 바빴기 때문에 조감독의 통솔 하에 실전을 방불케 하는 추격 신 연습이 시작됐다.

'연습도 실전처럼! 연습도 실전같이!'

그런데 너무 힘이 들어갔던 것일까?

뭔가 위태위태한 느낌이 들더니 한쪽에 쌓아둔 플라스틱 상자가 쓰러지는 장면에서 지해른이 발을 헛디뎠다.

왠지 불안한 느낌이 들어 옆에서 상황을 예의주시하고 있던 양지태가 자신도 모르게 소리를 질렀다.

"해른아!"

양지태의 비명에 가까운 목소리와 함께 동선대로라면 지해른이 재치 있게 피해야 했을 플라스틱 상자 몇 개가 공격적으로 지해른을 향해 날아왔다.

그리고 지해른은 그 상자를 피하지 못했다.

◇ ◆ ◇

중요한 신의 촬영이 있는 날이라는 걸 알았기 때문에 정호는 〈추격의 도시〉의 촬영장을 찾았다.

그동안에도 시간이 나는 대로 촬영장은 찾았지만 오늘은 특별한 사람과 동행하여 촬영장을 방문하는 중이었다.

그 사람은 다름 아닌 강여운이었다.

정호가 걱정스러워하며 강여운에게 말했다.

"너 근데, 진짜 괜찮겠어? 연일 스케줄에, 유나랑 같이 제스터의 해외 화보 촬영을 하고 돌아온 게 오늘 아침의 일이었잖아."

정호의 걱정과는 달리 이런 스케줄쯤은 이제 너끈해진 강여운이 장난스러운 어조로 대꾸했다.

"그러니까요. 봉팔 오빠한테 스케줄 좀 여유롭게 잡아 달라고 오빠가 말 좀 해주세요. 봉팔 오빠가 이런 부분에서는 꼭 융통성을 발휘할 줄 모르잖아요."

강여운이 장난을 건다는 걸 알고 정호가 대답했다.

"진짜로 그러라고 해놓고 막상 전하고 나면 나중에 스케줄 왜 이렇게 허전하냐고 난리치려고? 그만해라. 그러다 봉팔이 스트레스로 죽겠다."

"후후후. 역시 오빠는 나를 너무 잘 알아요."

그렇게 농담을 주고받으며 〈추격의 도시〉 촬영 현장으로 이동하는데 멀리서 비명에 가까운 양지태의 목소리가 들려왔다.

"해른아!"

우당탕탕.

촬영장으로부터 들려온 요란한 소리에 정호와 강여운이 서로를 마주 봤고 누가 먼저랄 것도 없이 〈추격의 도시〉의 촬영장으로 달려갔다.

그때는 이미 추격 신 연습 현장으로 난입한 양지태가 지해른을 보호하고 있었다.

양지태가 플라스틱 박스를 온몸으로 막으며 물었다.

"해른아, 괜찮아?"

많이 놀란 지해른이 얼떨결에 고개를 끄덕였지만 몸을 일으키는 순간, 다시 자리에 도로 주저앉았다.

"아야!"

정호가 잽싸게 그런 지해른에게 다가가 발목을 양손으로 감싸며 말했다.

"일어나지 말고 있어. 너 지금 다쳤어."

정호의 말대로 지해른의 발목이 빨갛게 부어올라 있었다.

촬영이 잠시 소강상태에 놓였다.

그럴 수밖에 없는 게 가장 중요한 장면에서 지해른이 부상을 입었기 때문이었다.

광 감독이 정호와 양지태에게 다가와 물었다.

"어떻습니까?"

양지태가 단호하게 고개를 저으며 대답했다.

"안 됩니다. 도저히 무리예요. 죄송하지만 촬영은 이만 접는 게 좋겠어요."

양지태는 누구보다 마음이 좋지 못했다.

담당 매니저로서 지해른의 상태를 제대로 점검하지 못하고 다치게 놔뒀다는 죄책감이 양지태를 사로잡고 있었다.

광 감독이 아쉽지만 어쩔 수 없다는 표정을 지으며 말했다.

"그런가요? 어쩔 수 없죠……. 오늘 촬영은 이만 접도록 하겠습니다. 어차피 아직 찍어야 하는 신이 많으니……."

그때 아무 말 없이 지해른의 행동을 유심히 살펴보고 있던 정호가 광 감독의 말을 자르며 끼어들었다.

"아니요. 해른이는 오늘 다시 촬영을 할 겁니다."

정호의 말에 양지태가 발끈했다.

평소라면 감히 정호에게 이런 태도를 보일 수 없겠지만 누구보다 지해른을 아끼는 마음을 가진 양지태였기 때문에 자신도 모르게 발끈할 수밖에 없었다.

"이사님!"

정호가 고개를 돌려 양지태를 보며 물었다.

"왜, 불러?"

"그게 말이 됩니까? 지금 해른이가 다쳤다고요. 그걸 몰라서 그러세요?"

"알아. 그리고 그 과정에서 네가 똑바로 해른이를 살피지 못했다는 것도."

책임을 묻는 듯한 정호의 말에 양지태는 할 말을 잃었다.

하지만 그래도 여전히 촬영은 불가능하다고 생각하는 양지태였다.

"그 부분은…… 제가 어떻게든 책임을 질 겁니다. 하지만 촬영은 절대 안 됩니다! 애가 지금 다쳤는데 촬영이라니요!"

정호가 그런 양지태를 똑바로 보며 말했다.

"너는 지금 해른이가 애로 보여?"

"네?"

"해른이가 지금 상황도 파악하지 못하는 단순한 꼬맹이로 보이냐고."

양지태는 자신의 실수를 깨달으며 웅얼거렸다.

"아니, 그런 건 아니지만……."

"그럼 똑바로 봐봐. 네가 담당하는 연예인이 지금 뭘 원하는지. 그리고 네 주제를 파악해. 촬영의 가능 여부를 파악하는 건 네가 아니라 네가 담당하는 연예인이야."

　한편 다친 지해른은 응급 치료를 받았다.

　혹시 모르는 부상을 대비해 상주하고 있던 의료진이 있었기에 가능한 대처였다.

　추격 신 촬영은 부상의 위험이 워낙 크기 때문에 의료진 상주는 필수였다.

　의사가 응급 치료를 끝낸 후 말했다.

　"아까 말씀드린 대로 발목이 살짝 삐었습니다. 크게 다친 건 아니지만 꽤나 거동이 불편할 거예요."

　"촬영은 할 수 없나요? 정말 도저히?"

　응급 치료가 끝날 때까지 지해른의 옆을 지키고 있던 강여운이 안타깝다는 듯 지해른을 불렀다.

"해른아……."

의사도 지해른의 강력한 촬영 의지를 느꼈는지 대답을 망설였다.

원래라면 환자의 건강을 위해서라도 단호하게 안 된다고 말할 의사였지만, 지해른의 태도가 꽤나 강경한 동시에 간절해 보였기 때문이었다.

의사는 솔직히 의견을 밝혔다.

"두어 시간 정도 시간이 지나면 압박 붕대를 단단히 한다는 가정 하에 촬영을 재개할 수 있을 겁니다. 그때쯤이면 통증도 완화될 거고요. 하지만 다시 발목이 부을 위험이 있어서 추천하지 않아요. 자칫 큰 부상으로 이어질 수 있거든요."

강여운이 걱정하며 물었다.

"무리하면 다시 못 걸을 수도 있나요?"

의사가 웃으며 대답했다.

"그 정도는 아니에요. 자세한 검사를 해봐야 알겠지만 복숭아뼈 골절이 쉽게 생기는 부위인데 골절은 아니고 단순 타박상처럼 보이거든요."

결국 통증만 참을 수 있다면 촬영 재개가 가능하다는 뜻이었다.

지해른은 안도의 한숨을 내쉬며 말했다.

"그럼 두어 시간 쉬었다가 추격 신 촬영을 재개하도록 하겠……."

하지만 강여운이 끼어들며 지해른의 말을 잘랐다.

"잠깐만 해른아."

"네?"

강여운은 의사를 바라보며 정중히 부탁했다.

"선생님, 잠시 자리 좀 비켜주시겠어요? 해른이랑 따로 나누고 싶은 말이 있거든요."

의사는 어깨를 으쓱해 보이며 답했다.

"물론이죠. 어차피 치료는 끝났으니까요."

의사가 자리에서 물러났고 잠시 후, 두 사람만이 한쪽에 남게 되자 강여운이 지해른에게 물었다.

"이렇게까지 촬영을 재개하려는 이유가 뭐야? 혹시 태석 씨 때문이니?"

강여운의 입에서 박태석의 이름이 나오자 지해른은 대답을 하는 대신에 아랫입술을 깨물었다.

그리고 그 모습을 보면서 강여운은 확신했다.

'맞구나……. 태석 씨 때문이구나…….'

단순히 후배들을 응원하기 위해 이 자리에 온 강여운이었다.

그런 강여운은 지금 졸지에 상담사가 되어야 하는 처지에 놓여 있었다.

같은 배우로서 지해른의 마음을 알아줄 수 있는 사람은 자신뿐이었기 때문이었다.

강여운이 속으로 휴 하고 한숨을 쉰 후에 말했다.

"해른아, 그거 알아? 사실 나는 널 질투했었어."

강여운의 갑작스러운 말에 지해른이 놀랐다.

"네? 언니가요? 언니가 저를 왜요?"

전혀 예상도 못했다는 듯한 지해른의 행동과 말투에 강여운이 후후 웃으며 대꾸했다.

"왜긴 왜겠어. 네가 너무 예쁘고 연기를 너무 잘하니깐 그렇지……."

지해른이 지금의 상황이 당황스럽다는 듯 더듬거리며 말했다.

"하, 하지만…… 그, 그때 언니는 이미 대한민국 최고의 여배우였고 대한민국에서 가장 예쁜 사람이었잖아요……. 지, 지금도 마찬가지고요……."

지해른의 말에 강여운이 순순히 동의했다.

"맞아. 그때 난 그런 배우였지."

지해른이 소리치듯 동의했다.

"맞아요! 그러니깐 저 같은 애를 질투했을 리가 없어요!"

이번에는 강여운이 순순히 동의하지 않고 가만히 고개를 저으며 대답했다.

"그건 아니야. 나는 너를 질투했어."

"그…… 그런……."

"그리고 너뿐만이 아니라 모든 배우들을 질투했지. 그리고 끊임없이 견제했어. 그 사람들이 언제라도 내 자리를 빼앗을 것 같았거든."

그제야 지해른은 강여운이 무슨 말을 하려는지 알 수 있었다.

"특히 정호 오빠가 데려왔던 밀키웨이 멤버들을 가장 많이 질투했어. 그 아이들은 내가 봐도 벌써부터 특별했으니깐⋯⋯. 그래서 질투할 수밖에 없었어. 내가 가장 좋아하는 정호 오빠를 그 아이들에게 당장에라도 빼앗길 것 같았거든⋯⋯."

"언니⋯⋯."

지해른이 조금 괴로워하며 강여운을 불렀다.

너무나도 공감이 되는 얘기였기 때문에 가슴이 조금 아팠던 것이다.

하지만 강여운은 지해른의 부름을 못 들은 척 계속 말을 이었다.

"그래서 내가 어떻게 했는지 알아? 아주 바보 같게도 밀키웨이 멤버들과 가장 친한 친구가 됐어. 그렇게라도 하지 않으면 정호 오빠의 시선에서 멀어질 것 같았거든⋯⋯. 하지만 그런 건 결국 아무런 소용도 없었어. 속으로 계속 서운해하며 미워하다가 끝내 가장 소중한 사람을 내가 밀어내 버렸으니깐⋯⋯."

지해른도 잘 알고 있는 얘기였다.

사실 청월의 사람들이라면 누구나 어느 정도 알고 있는 얘기이기도 했다.

정호와 강여운이 한때 사이가 좋지 않았고 최근에서야

그 관계가 개선되었다는 아주 유명한 일화.

지해른이 다시 한 번 강여운을 불렀다.

"언니……."

그런 지해른에게 강여운이 따뜻한 미소를 지어 보이며 말했다.

"네 마음이 어떨지 알아. 네가 왜 태석 씨를 의식하는지도 알고. 하지만 말이야……. 그렇다고 해서 무리하면 안 돼……. 무리를 하면…… 네가 가장 소중하게 여기는 것조차도 잃어버리게 될 거야……."

강여운은 "나처럼……."이란 뒷말은 생략했지만 왠지 지해른의 귀에는 그 말이 들리는 듯했다.

동시에 마음에 와 닿았다.

강여운이 지해른에게 하고 싶은 말이 무엇인지 알 수 있었기 때문이었다.

하지만 지해른은 그렇다고 해서 이번 촬영을 포기하고 싶지 않았다.

아니, 그렇기 때문에 더더욱 포기할 수 없었다.

"감사합니다, 언니. 언니가 해주신 말 덕분에 제가 얼마나 어리석었는지 알겠어요. 하지만 이번 촬영은 그래도 도저히 포기할 수 없어요. 누군가를 질투하고 견제했던 제가 실망스러워서가 아니라…… 누군가를 질투하고 견제하느라 연기에 집중할 수 없었던 연기자 지해른이 너무나도 실망스럽거든요……. 되돌리고 싶어요……. 가능만 하다면 시간을……. 그게 제가 촬영을 재개하고 싶은 이유예요."

지해른의 진심을 알아듣고 강여운이 웃으며 대꾸했다.

"그래……. 나도 네가 무슨 말을 하고 싶어 하는지 알겠어……. 하지만 잊지 마……. 시간은 뭐든지 완벽하게 해내는 정호 오빠마저도 되돌릴 수 없다는 걸……. 그럼 조금만 쉬었다가 촬영을 재개하도록 하자! 내가 정호 오빠한테도 그렇게 전할게."

강여운의 말에 지해른이 고개를 끄덕였다.

"네, 감사합니다."

그렇게 대화가 마무리되는데 때마침 두 사람에게 정호가 다가오고 있었다.

강여운이 그런 정호를 보며 중얼거렸다.

"하여튼 양반은 못 될 사람이라니깐, 정호 오빠도."

어느새 강여운과 깊은 유대감을 느끼게 된 지해른이 강여운의 말에 큭큭 하고 웃으며 화답했다.

두 사람 사이의 묘한 분위기를 느끼며 정호가 물었다.

"뭐가 그렇게 재밌어? 내가 없는 사이에 내 욕이라도 한 거야?"

"뭐, 비슷해요."

"하여튼, 잠시라도 틈을 줄 수 없다니깐. 그래. 해른아, 어때? 촬영 재개할 거야?"

지해른이 씩씩하게 대답했다.

"물론이죠! 두 시간만 쉬었다가요."

"그래, 좋아. 하지만 정밀 검사를 받고 와야 해. 단순 타박이 아니라면 촬영 못 한다고 너희도 의사 선생님한테 들었지? 지태야, 해른이 좀 부축해서 저쪽 차량에 태워라."

양지태가 조금 굳은 표정으로 지해른에게 다가와 지해른을 부축했다.

지해른은 양지태에게 귓속말로 말했다.

"지태 오빠, 미안해요……. 나 때문에 걱정 많았죠?"

지해른의 진심이 섞인 물음에 양지태가 마음이 조금 풀어지는 걸 느끼며 대답했다.

"나야말로 미안해. 오늘 하루 종일 네 마음을 몰라줘서……."

두 시간 후.

〈추격의 도시〉의 가장 핵심적인 장면이라고 할 수 있는 추격 신의 촬영이 재개됐다.

정호, 강여운, 양지태, 광 감독, 심지어 박태석까지 모든 〈추격의 도시〉의 배우와 스태프가 지해른의 상태를 걱정했지만 다행히 지해른은 무사히 촬영을 마칠 수 있었다.

사실 다행히 마친 수준이 아니었다.

우리나라 스릴러 역사상 역대급의 추격 신이 나왔다고

해도 과언이 아닐 명장면이 카메라에 고스란히 담겼다.

〈추격의 도시〉의 촬영을 하면서 몰입의 최강자라고 할
수 있는 지해른과 박태석의 연기를 수차례 목격한 바 있었
던 광 감독조차 놀라 이렇게 중얼거릴 정도였다.

"미쳤습니다……. 두 사람 다 정말 미쳤다고요……."

지해른은 박태석 못지않은 천재 중의 천재였다.

그런 천재성이 지해른 스스로의 부담감과 박태석이라는
새로운 인물에 대한 신선함으로 인해 퇴색된 감이 없잖아
있을 뿐이었다.

그런데 지해른이 모든 걸 훌훌 털어버리고 몇 시간 만에
진짜가 되어 나타났으니 광 감독이 놀랄 수밖에.

지해른, 박태석 콤비의 연기력에 놀라 잠시 넋을 놓고 있
었던 광 감독이 고개를 돌려 정호를 봤다.

광 감독의 시선이 너무나도 뜨거웠다.

정호가 무슨 일인가 싶어 물었다.

"왜 그러십니까?"

광 감독이 되물었다.

"어떻게 하신 겁니까?"

"네?"

"이번에는 어떻게 이런 마법을 부리신 겁니까?"

그제야 정호는 광 감독이 하려는 말을 이해할 수 있었다.

광 감독은 늘 그래 왔듯이 정호가 마법을 부렸다고 생각
하고 있는 모양이었다.

어디든 나타나기만 하면 쓰레기조차 금으로 바꿔내는 것으로 이미 유명해진 정호였다.

이런 반응을 보이는 것도 이상하지 않았다.

심지어 정호는 여러 차례 다른 사람들에게서도 이런 시선을 받은 바가 있었다.

하지만 이번에는 정호가 한 일이 아니었다.

정호는 웃으며 강여운을 가리켰다.

"제가 한 일이 아닙니다. 이번에 수고한 마법사는 저쪽에 앉아 있는 여운이입니다."

일을 이렇게 바꿔놓은 마법사의 정체를 깨닫고 광 감독이 흥분해서 강여운에게 달려갔다.

"아아! 오 이사님의 수제자시여⋯⋯. 저에게도 마법의 비밀을 알려주소서⋯⋯. 마법의 비밀을 알 수만 있다면 무엇이든 하겠습니다!"

그렇게 한 번 입이 터지면 도저히 수다를 멈추지 않는 광 감독이 강여운을 붙들고 뭔가를 이것저것 묻기 시작했고 강여운은 난처한 표정을 지으며 정호를 찾았다.

물론 정호는 상황을 모두 파악하고 자리를 뜬 상태였다.

'스태프들에게 간식거리라도 사다줄까?'

속으로 이런 핑계를 대며.

◇ ◆ ◇

마침내 〈추격의 도시〉의 모든 촬영이 끝났다.

그리고 개봉 전, 공개 시사회가 열렸다.

정호는 강여운, 양지태와 나란히 앉아서 〈추격의 도시〉
를 관람했다.

반쯤 영화가 진행됐을 때 정호가 속으로 생각했다.

'역시나 훌륭하군. 추격 신 사건 이후로 탄력을 받은 게
이렇게나 도움이 된 건가?'

추격 신 사건 이후 〈추격의 도시〉는 엄청난 탄력을 받았다.

무엇보다도 지해른, 박태석의 몰입도가 최고조에 달하면
서 투자, 대본, 연출력까지 모든 부분이 평범하게 느껴졌던
〈추격의 도시〉가 180도 달라졌다.

'만약 이 영화가 성공을 한다면 모든 공은 저 두 사람에
게 돌아갈 거야.'

정호는 〈추격의 도시〉 촬영 막바지에 다다르며 어느 누
구보다 친해진 지해른, 박태석을 바라봤다.

두 사람은 배우 전용석에 나란히 앉아서 〈추격의 도시〉
를 관람 중이었다.

'그러나 숨은 공로자는 다른 사람이지.'

정호가 이런 생각을 하며 시선을 자신의 옆자리로 돌렸다.

자신의 옆자리에서 강여운은 어느 누구보다 손에 땀을
쥐면서 〈추격의 도시〉를 관람하고 있었다.

그런 강여운에게 속으로 정호가 감사 인사를 전했다.

'여운아, 고맙다.'

매니지
먼트
제왕

18장. 최고의 음식은 가장 자극적인 음식?

먼저 개봉한 영화는 〈룸 인 룸〉이었다.

같은 제작사에서 제작을 하는 영화가 아니다 보니 아무리 노력한다고 해도 완벽하게 같은 날에 개봉을 할 수 없었고 〈룸 인 룸〉은 〈추격의 도시〉보다 2주일 빠르게 개봉했다.

〈룸 인 룸〉의 초반 기세는 대단했다.

코끼리팩토리와 영화제작사 나라틱이 합작해 만든 광고나 트레일러 영상도 대단했지만 모든 부분에서 투자를 아끼지 않은 〈룸 인 룸〉 자체가 워낙 기대작이었다.

그러다 보니 자연스럽게 첫날부터 적지 않은 관객을 동원할 수 있었다.

'그나저나 나라틱이라면……'

정호는 나라틱을 기억하고 있었다.

과거 〈더 블랙〉의 투자 건을 두고 뉴 아트 필름과 각축전을 벌였던 영화제작사였다.

앞서 설명한 바가 있듯이 한경수의 코끼리팩토리는 '영화' 자체에는 투자를 잘 하지 않는 편이었다.

전문 분야가 아니라 영화라는 장르에 대해서 큰 자신감이 없었기 때문이었다.

그래서 '영화' 투자에 대해서만큼은 대기업을 등에 업은 것 답지 않게 소극적인 면모를 보이는 편이었다.

하지만 영화제작사가 끼어들면 얘기는 달라졌다.

코끼리팩토리는 빠른 성장을 위해서 영화제작사에 문어발식 투자를 감행하여 코끼리팩토리의 배우들이 출연할 영화를 양산해내는 데 주력하는 편이었다.

이 전략은 이전의 시간에서도 주효하여 많은 흥행작을 만들어냈고 그 결과, 코끼리팩토리는 영화라는 분야에 취약했음에도 불구하고 일정한 결과를 만들어낼 수 있었다.

정호는 코끼리팩토리와 나라틱의 협력 관계를 되짚으며 상황을 정리했다.

1. 나라틱의 눈에 우연히 조 작가의 〈룸 인 룸〉 대본이 들어오고 아무도 투자를 감행하려고 하지 않았던 〈룸 인 룸〉의 대본을 조 작가가 나라틱에 넘긴다.

2. 조 작가의 이름값을 알고 있던 코끼리팩토리가 대형 투자를 약속하고 자연스럽게 석 감독이 영입된다.

3. 코끼리팩토리의 소속된 톱급 배우 차이람, 정진명은 코끼리팩토리의 등 떠밂을 이기지 못하고 이 영화에 출연을 약속한다.

4. 석 감독과 조 작가의 콜라보, 대형 투자, 그리고 좋은 배우들이 합류했다는 소식이 타 소속사에 전해지고 타 소속사의 톱급 배우인 오태석, 양혜정이 합류한다.

정호가 정리한 상황을 예중태에게 전화하여 확인받았다.

"뭘 물어보십니까? 당연히 그런 수순이지⋯⋯. 설마 예언가께서 그 사실을 지금 안 겁니까?"

"지금 알았는데요?"

"거짓말."

사실을 말해줘도 믿지 않는 예중태에게 확답을 얻은 정호가 속으로 생각했다.

'최고의 음식을 위한 최고의 재료들이 이렇게 뭉친 건가.'

하지만 정호는 자신이 있었다.

최고의 음식을 위해 어렵게 모은 최고의 재료들 중의 아주 결정적인 것 하나가 상해 있다는 걸 알고 있었기 때문이었다.

그것은 바로 차별적 시선으로 점철된 '대본'이었다.

'한경수라면 최고의 재료들을 가지고 세상에서 가장 자극적인 음식을 만들겠지. 하지만 대본이라는 결정적인 재료가 상해 있는 이상 그건 그저 쓰레기로 만든 음식일 뿐이다.'

그리고 2주 후, 정호의 예상대로 〈룸 인 룸〉은 쓰레기로 만든 음식이라는 게 판명 났다.

[선발대입니다ㅎㅎ 절대 보지 마세요ㅎㅎㅎㅎ]

[와ㅋㅋㅋㅋ 이딴 걸 영화로 만들었다고?ㅋㅋㅋ 이래서 이름값 믿으면 안 된다는 건가?ㅋㅋㅋㅋ]

[솔직히 정말 실망했습니다ㅋㅋㅋ 혹시 이상한 거 좋아하시는 분 있으시면 꼭 보러 가세요ㅋㅋㅋ 정말 이상하거든요ㅋㅋㅋㅋㅋㅋ]

[솔직히 이 정도의 차별적 시선이면 조 작가의 정신 감정이 필요하다고 봅니다……. 솔직히 인간적으로 이건 아니에요……. 여성이 무슨 포르노 배우입니까? 남자가 무슨 전부 조폭이에요? 흑인과 동남아인은 입김만 불어도 수수깡처럼 날아가 땅바닥에 처박히고 무식해야 합니까? 나이든 사람은 죽어야 하고 젊은 사람은 돈 없이 열정으로만 일해야 합니까? 정말 기분 나쁘네요…….]

[한 줄 정리, 역겨워서 도저히 참을 수 없음.]

[스티픈 스틸버그도 울고 갈 놀라운 망작!ㅋㅋㅋ]

[한 단어 정리, 역겨움.]

[평소에 시사회의 평점을 믿지 않는 편이라서 직접 확인

해 보고 싶었습니다ㅋㅋㅋㅋ 오태석, 양혜정, 차이람, 정진명
까지 〈룸 인 룸〉에서 나오는 모든 배우들을 좋아했거든요
ㅋㅋㅋ 근데 〈룸 인 룸〉 덕분에 탈출구를 찾았습니다ㅋㅋ
ㅋㅋㅋㅋ 더 이상 저는 오태석, 양혜정, 차이람, 정진명을
좋아하지 않아도 돼요ㅋㅋㅋ]

[한국 스릴러 영화의 한계ㅋㅋㅋ]

[한국 영화계의 한계ㅋㅋㅋㅋ]

[이딴 영화 만들 시간에 차라리 좋은 외화를 수입해서 상
영합시다ㅎㅎㅎ]

[한국 영화 불매 운동 시작?ㅋㅋㅋㅋ]

[차별적 시선 어쩌고저쩌고 좆문가인 척 나댈 필요가 없
는 게…… 이 영화는 그냥 재미없음ㅇㅇ]

[돈을 어디다가 쓴 거죠?ㅋㅋㅋ 돈 쓴 구석을 찾아볼 수
가 없네ㅋㅋㅋ]

다른 의미에서 놀라운 반응이었다.

대한민국 영화계의 역사상 이 정도의 악평을 받은 적이
있었나 싶을 정도였기 때문이었다.

'하긴, 각오하고 상영관에 들어간 나도 보다가 참지 못
하고 나왔으니깐.'

비판이 거세다 못해 이상하게 변종돼서 〈룸 인 룸〉을 보
고 오는 사람에게 선물을 보내준다는 사람이 생기는 상황
이었으니 더 이상 말할 것도 없었다.

완벽한 흥행 실패였다.

〈룸 인 룸〉은 정말 소위 말하는 대로 '폭망'을 한 셈이었다.

그에 따라 정호의 계획에도 차질이 생겼다.

〈추격의 도시〉가 개봉하기도 전에 〈룸 인 룸〉을 서둘러 내리는 영화관들이 속속들이 생겨났기 때문이었다.

몇몇 영화관은 상영관을 줄일 뿐 〈룸 인 룸〉을 완전히 내리지 않았지만 대결 구도로 가기에는 어려움이 많았다.

상영관이 남아 있어 봐야 밤 12시 15분에 한 번 상영이 되는 정도였던 것이다.

심지어 〈룸 인 룸〉의 실패가 한국 영화에 대한, 그것도 한국 스릴러 영화에 대한 불신을 안겨 주면서 〈추격의 도시〉가 개봉되기도 전에 비판 여론이 형성되기도 했다.

[〈추격의 도시〉? 설마 스릴러 영화인가요? 대한민국에서 만든?]

[저는 한국 사람이 아닙니다. 한국 영화를 보지 않습니다.]

[지해른이 나오는 영화구나ㅋㅋㅋㅋ 근데 오태석, 양혜정, 차이람, 정진명이 나오는 영화도 망한 마당에 지해른 혼자가 뭘 할 수 있을까?ㅋㅋㅋ]

[그래도 이건 시사회 평점이 굉장히 높던데요?ㅎㅎ]

[제가 아는 언니가 시사회에서 보고 왔는데 역대급이라고 했음ㅇㅇ]

[어떤 식으로 역대급인데요?ㅋㅋㅋ 설마 〈룸 인 룸〉보다

역대급?ㅋㅋㅋㅋ]

　[그건 가능하지 않습니다.]

　[ㅋㅋㅋㅋㅋ단호박 실화냐?ㅋㅋㅋㅋㅋ]

　[저는 한국 사람이 아닙니다. 한국 영화를 보지 않습니다.]

　생각지 못한 〈룸 인 룸〉의 후폭풍에 정호를 비롯한 〈추격의 도시〉와 관계된 모든 사람들이 당황했지만 〈룸 인 룸〉 때문에 개봉 날짜를 늦출 수도 없는 상황이었다.

　결국 〈추격의 도시〉는 〈룸 인 룸〉 개봉 2주 후, 대한민국 전국의 영화관에 걸리기 시작했다.

　〈…… '룸 인 룸'의 가장 큰 문제점은 모든 재료가 최고였지만 가장 결정적인 재료 하나가 상했다는 것이었다. 그리고 이 최고의 재료로 만든 가장 자극적인 음식은 상해 버린 한 가지 재료 때문에 완벽히 무너졌다. 하지만 '추격의 도시'는 달랐다. 모든 것이 평범했지만 최고의 재료 하나가 첨가되면서 '추격의 도시'는 최고의 음식 중 하나가 됐다. 고백하건대 영화 좀 봤다고 자부하는 나도 평생 그런 연기를 본 적이 없었다. 지해른과 박태석은 몰입의 천재였고, 몰입의 천재가 만든 '연기'라는 가장 핵심적인 최고의 재료는 '추격의 도시'를 완벽하게 바꿔 놨다. 최고의 음식이란 자고로 자극적

이지 않으면서도 최고의 맛을 낼 줄 알아야 한다. '추격의 도시' 는 그것을 여지없이 보여줬다.〉

　—김우주 칼럼 〈조미료 없이 스릴러 영화의 맛을 내자〉
중에서.

　많은 우려와는 달리 〈추격의 도시〉는 굉장한 흥행 기록
을 남겼다.

　스릴러 영화 역사상 가장 많은 관객을 동원했을 뿐만 아
니라 대한민국 영화계의 역사상에서도 족적을 남길 만한
최다 관객수를 기록했다.

　비록 아쉽게도 장르를 불문한 최다 동원 관객수 1위의
작품이 되지는 못했지만 〈추격의 도시〉의 투자 규모를 가
늠해볼 때 전례가 없는 성공이라고 할 수 있었다.

　무엇보다 지해른과 박태석의 위상이 엄청나게 상승했다.

　신인 시절 '몰입 귀신' 이라고 불리던 지해른은 〈추격의
도시〉를 통해 '몰입의 여왕' 이라는 칭호를 얻었고 박태석
은 '몰입의 황태자' 라는 칭호와 함께 대형 신인의 등장을
세상에 알렸다.

　이로써 가수진에 비해 배우진이 빈약하다고 평가받던 청
월은 배우 전문 소속사 메세나에 비견해도 손색이 없는 대
형급 배우 소속사로 거듭날 수 있었다.

　아닌 게 아니라 강여운, 유미지, 지해른, 조준환, 백민
후, 차수준, 임지연, 정서정, 박태석 등이 청월의 배우진을

213

구성하고 있었으니 이런 평가를 얻을 수밖에 없었다.

'이번 일을 통해 청월은 4대 소속사 반열에 올랐다고 해도 과언이 아니겠군.'

연예계의 시간은 언제나 가장 바쁘고 빠르게 움직였다.

그 결과, 다양한 소속사들이 뜨고 지길 반복했다.

그러는 가운데 굳혀진 3대 소속사가 힛, 아라, 큐였다.

'그리고 이제 힛, 아라, 큐에 이어 청월도 한 자리를 차지할 수 있게 됐어.'

이건 비단 정호만의 생각이 아니었다.

실제로 최근 많은 언론 매체에서 힛, 아라, 큐와 함께 청월을 대한민국 4대 소속사로 분류하고 있었고, 이번 〈추격의 도시〉를 계기로 그것이 굳혀졌다고 할 수 있었다.

하지만 정호는 〈추격의 도시〉의 성공이나 4대 소속사라는 칭호보다는 다른 것에 더 큰 기쁨을 느끼고 있는 중이었다.

바로 지해른과 박태석의 행보였다.

'요즘 두 사람…… 무척이나 보기 좋군.'

〈추격의 도시〉의 성공 이후 지해른과 박태석은 각종 예능 프로그램부터 시상식까지 공식적으로 노출이 될 일이 많아졌는데, 특이한 점은 이 공식적인 자리에서 지해른과 박태석은 늘 껌딱지처럼 붙어 다닌다는 사실이었다.

어느 정도였냐면 두 사람 사이에서 난 스캔들 기사가 한동안 공공연한 사실로 받아들여지기도 했다.

'물론 기획팀과 홍보팀의 노력으로 그 모든 게 해프닝이라는 사실이 밝혀졌지만.'

〈추격의 도시〉의 촬영 막바지에서 둘도 없는 친구 사이로 발전한 지해른과 박태석이었다.

지해른의 일방적인 질투와 견제로 인해 잠깐 장애물이 있긴 했지만 두 사람은 기본적으로 죽이 잘 맞는 편이었다.

특히 신중한 성격이나 연기를 바라보는 태도 같은 것이 무엇보다 잘 통했다.

그러다 보니 자연스럽게 같이 다닐 일이 많아졌고 둘은 어느새 연예계에서 알아주는 단짝 친구가 되어 있었다.

'좋은 시너지를 낼 거야. 최고의 천재들이 모였으니깐.'

정호는 시상식에서 두 사람이 나란히 서서 사이좋게 찍은 사진을 보며 생각했다.

매니지먼트 제왕

〈추격의 도시〉의 후폭풍은 계속됐다.

지해른과 박태석이 예능이나 시상식에서 굉장히 눈에 띄는 스타일은 아니었지만 워낙 〈추격의 도시〉 자체가 잘됐기 때문에 그럭저럭 흥행을 이어갈 만한 방송은 만들고 있었다.

특히 〈추격의 도시〉에서는 쫓고 쫓기는 입장에 있던 두 사람이 보여주는 반전 케미가 인상 깊었다.

사람들은 질리지도 않고 계속 이 부분에 대해서 말했다.

[아무리 생각해도 공 형사와 하 사이코는 일상에서 너무 잘 어울려……. 그래서 뭔가 괴로워…….]

[ㅋㅋㅋㅋ나는 저놈의 '하 사이코' 라는 표현이 볼 때마

다 너무 웃기다ㅋㅋㅋㅋㅋ 애칭처럼 사이코라는 말을 쓰고
앉았네ㅋㅋㅋㅋㅋ]

[영화 봐서 그런지 두 사람이 친한 거 처음에는 도무지
이해할 수 없었는데ㅎㅎㅎ 요즘 계속 방송을 보니깐 두 사
람이 너무 잘 어울리는 느낌ㅎㅎㅎㅎ]

[맞아ㅋㅋ 청월에서 또 드라마 기획해서 두 사람을 주인
공으로 세우면 좋겠다!]

[오, 청월에서 드라마 기획했었음?ㅋㅋㅋㅋ]

[〈귀신 딸깍발이〉랑 〈신사의 품위〉를 두고 하는 말 같습
니다ㅋㅋㅋ 거의 청월 기획 드라마 수준이긴 했죠ㅋㅋㅋ
둘 다 제작사는 따로 있었지만ㅋㅋㅋ]

[다음 채 작가 드라마는 지해른, 박태석 로맨스인가요?ㅋ
ㅋㅋ 형사와 사이코의 신분을 뛰어넘는 사랑ㅋㅋㅋㅋㅋㅋ]

[아니…… 그게 말이 되나?ㅋㅋㅋ 비교적 최근에 〈추격
의 도시〉를 봐서 그런지 나는 아직도 두 사람이 친한 거 이
해 안 가는데…….]

[ㅇㅇ아직 〈추격의 도시〉의 여파에서 헤어나지 못 하셨
군요ㅋㅋㅋㅋ 어서 나오세요ㅋㅋㅋ 매일 박태석 때문에 오
줌 지리는 거 힘드시잖아요ㅋㅋㅋㅋ]

[박태석 진짜 무섭더라……. 이미 여러 번 꿈에 나왔는데
오늘 밤에 또 나올까봐 자는 게 두려워…….]

[그 와중에 여신 포스 뽐내시는 우리 해른 님ㅎㅎㅎ]

[지해른, 박태석의 환상 케미 때문에 〈추격의 도시〉를

다시 보는 사람들 있다던데 사실인가요?ㅋㅋㅋㅋㅋ]

[나 다시 봤음ㅋㅋㅋ 근데 바로 기저귀행ㅋㅋㅋㅋ]

확실히 박태석의 연기가 대단하긴 대단했던 모양이었다.

'공포 영화도 아닌데 오줌이나 기저귀 같은 단어가 계속 나오는 거면 확실히 그렇지.'

어쨌든 그렇게 〈추격의 도시〉는 흥행의 후폭풍이 계속됐다.

광고부터 예능까지 〈추격의 도시〉를 패러디하지 않는 곳이 없을 정도니 후폭풍은 한동안 계속 이어질 것 같았다.

◇　◆　◇

그사이 정호는 하기진과 함께 움직이며 제스터의 성장을 도왔다.

〈추격의 도시〉를 촬영하고, 〈추격의 도시〉가 상영관에서 내려올 때까지 하기진은 제스터를 충분히 성장시켰다.

무엇보다 국내의 영업망을 완벽하게 구축했다.

정호가 제스터에 관련된 사항을 보고받으며 하기진에게 말했다.

"빠르군요. 몇 년은 더 필요할 거라고 생각했는데……."

하기진이 만족스러워하는 기색으로 같이 보고를 하기 위해 이사실로 들어온 방 대표를 보며 대답했다.

"방 대표가 적극적으로 협력해준 덕분입니다."

방주만이 손사래를 치며 이번 일의 공을 확실히 했다.

"에이~ 아닙니다. 모두 하 컨설턴트님이 만들어 주신 거죠, 하하하. 정말 저는 밥을 떠먹기만 했습니다."

정호는 두 사람의 좋은 분위기에 흡족해했다.

두 사람이 협력하여 전후방에서 굉장히 노력했다는 걸 알았기 때문에 더 기뻤다.

'업무 면에서도 호흡이 잘 맞아서 다행이야.'

이렇게 생각하며 정호가 제스터의 매출 부분을 살폈다.

이제 막 국내 유통망이 완성된 것치곤 매출이 엄청났다.

정호가 살짝 놀라며 물었다.

"아무리 국내 유통망이 완성됐다지만, 매출이 〈찬란한 책갈피〉 때보다 열 배나 상승하다니요. 이게 무슨 일이죠?"

하기진이 정호의 질문에 기다렸다는 듯이 대답했다.

정호가 이 부분에 대한 질문을 할 거라고 미리 예상한 기색이었다.

"저희도 예상치 못한 부분입니다. 아직 확실한 분석 통계를 만들지는 못했지만 초대하지 않은 손님들 덕분인 것 같습니다."

"초대하지 않은 손님이요?"

하기진의 '초대하지 않은 손님'은 타 소속사의 연예인을 지칭하는 말이었다.

제스터는 청월의 2차 사업 브랜드인 만큼 청월의 연예인들이 적극적으로 홍보하고 있었다.

드라마, 영화, 그리고 예능까지 각종 방송에 출연할 때 제스터의 의상을 입고 나가는 방식의 홍보였다.

하지만 흥미로운 점은 이런 홍보가 청월 소속의 연예인들로 그치지 않았다는 사실이었다.

청월의 연예인들뿐만이 아니라 타 소속사의 연예인들도 제스터의 의상을 일상복으로 즐겼고 그 때문에 연일 SNS에서 제스터의 의상들이 화제에 오르고 있었던 것이다.

"누가 시킨 것도 아니고, 저희가 부탁한 적도 없습니다. 그저 연예인들 사이에서 제스터의 브랜드가 좋은 평가를 받고 있는 것 같습니다. 그 결과, 일반인들에게도 유행이 이어지고 있는 거죠."

"왜 그럴까요?"

정호의 물음에 하기진이 밝게 웃으며 답했다.

"아마 청월 소속 연예인들의 위상 때문이겠지요."

"우리 애들의 위상이요?"

"네. 청월 소속 연예인들은 연일 계속되는 성공으로 연예인들의 연예인 같은 느낌을 내기 시작했거든요."

그제야 정호는 상황을 대충 파악할 수 있었다.

제스터를 홍보하기 위해 짠 '고급화 전략'이 타 소속사의 연예인들에게도 통한 것이었다.

"기진 씨의 말대로 정말 예상치 못한 결과군요."

"뭐…… 덕분에 이렇게 큰 재미를 보고 있습니다."

정호는 기뻤다.

제스터의 현재 성공은 곧 청월 위상의 증거나 다름없었기 때문이었다.

이처럼 청월은 연예계에서도 독보적인 위치를 확보해 나가고 있는 중이었다.

◇ ◆ ◇

제스터가 국내에서 성공을 거둔 만큼 이제 시선을 해외 시장으로 돌릴 때였다.

그렇게 정호가 하기진, 방주만과 함께 제스터의 해외 시장 공략을 위한 구체적인 방안을 짜며 시간을 보내고 있을 때였다.

예기치 못한 다른 곳에서 좋은 기회가 갑작스럽게 굴러왔다.

제스터를 위한 기회는 아니었다.

그보다는 청월의 대표적인 간판스타라고 할 수 있는 밀키웨이를 위한 기회였다.

이맘때 열리는 그래미 어워드에서 다름 아닌 밀키웨이를 초청한 것이었다.

그래미 어워드 측의 전화를 정호가 받았다.

"밀키웨이의 〈퍼스트 어게인〉이 올해의 앨범상 후보에 올랐다는 사실은 알고 계시죠? 이번에야말로 꼭 참석을 부탁드리겠습니다."

사실 밀키웨이가 전 세계적으로 인지도를 쌓으면서 작년에도 그래미 어워드의 초청을 받았다.

하지만 정호는 그래미 어워드의 초청을 정중하게 거절했다.

비영어권 음악과 가수들을 배타적으로 대한다는 그래미 어워드에 대한 비판이 사실이라는 걸 증명하듯 닉 리먼드와의 공동 작업으로 그 해 대단한 활약을 한 신유나를 신인상 후보에조차 올리지 않았기 때문이었다.

그런 까닭에 정호로서는 당시 그래미 어워드 측의 초청을 받아들일 이유가 없었다.

'초청을 받았다는 것만으로도 밀키웨이와 청월의 위상을 높일 수 있겠지만 그건 허울뿐인 위상이다. 이 정도의 위치에 오른 이상 그런 허울은 그저 자기만족에 지나지 않아.'

심지어 그래미 어워드 시상식에 가면 밀키웨이는 꾸어다 놓은 보릿자루 신세가 될 가능성이 높았다.

대단한 활약에도 불구하고 특별 공연조차 제의를 받지 못했으니깐.

'결국 비영어권 국가에 대한 비난을 피하기 위해 구색상 밀키웨이를 초대한 것에 불과하다. 그런 상황에서 카메라에 한 장면 잡히자고 굳이 참석할 이유는 없다.'

정호는 이렇게 판단했고 합리적인 판단에 따라 그래미 어워드 측의 제의를 받아들이지 않았다.

하지만 이번 초청은 달랐다.

초청을 받아들일 이유가 충분했다.

그래미 어워드에서 가장 권위가 높은 상 중 하나인 올해의 앨범상 후보에 올랐고 동시에 특별 공연까지 부탁을 받았다.

정호의 입장에서 이 기회를 놓칠 이유는 전혀 없었다.

"꼭 참석 부탁드립니다."

게다가 그래미 어워드 측은 정호에게 저자세로 부탁을 해오고 있었다.

지난번에 연락을 주고받으며 정호가 만만찮은 상대라는 것을 파악하고 있었던 탓이었다.

확실히 '청월의 위상 높이기'와는 상관없이 여차하면 밀키웨이 멤버들을 위해서라도 그래미 어워드 측의 제안을 거부할 수 있는 사람이 정호였다.

늘 그랬듯 정호에게는 언제나 회사보다 사람이 우선이었던 것이다.

정호가 다시 한 번 객관적으로 현재의 상황을 판단했다.

'그래미 어워드 측은 밀키웨이의 합류를 적극적으로 원하고 있을 것이다. 작년 신유나의 후보 탈락으로 그래미 어워드는 많은 비판을 받았으니깐. 하지만 이걸 빌미로 우리가 추가적으로 얻을 수 있는 건 없어. 이번 그래미 어워드는 우리에게 좋은 기회이기도 하고.'

생각을 정리한 정호가 긍정적으로 대답했다.

"작년에 일정상의 어려움으로 참석하지 못해 유감이었는데 이렇게 다시 기회를 주셔서 감사합니다. 밀키웨이는 이번 그래미 어워드에 참석하겠습니다."

◇ ◆ ◇

그래미 어워드의 초청을 받아들였다는 소식을 듣고도 밀키웨이 멤버들의 반응은 담담했다.

이미 세계적인 무대에서 많은 공연을 경험해본 밀키웨이 멤버들이었다.

오히려 지금까지 그래미 어워드 후보에 오르지 못한 것이 이상할 정도였고 밀키웨이 멤버들도 그 점을 인지하고 있었다.

소식을 전해 듣고 가장 먼저 입을 연 사람은 신유나였다.

"올 것이 왔군요."

오서연이 신유나의 말을 받았다.

"흠…… 거기 가면 술도 주나? 술을 안 준다면 먼 곳까지 헛걸음을 하기 싫은데……."

그나마 밀키웨이 멤버들 중에서 가장 현실적인 감각을 가진 하수아가 흥분했다.

"이봐, 친구들? 지금 그래미 어워드라고! 반응이 왜 그따구야!"

정호도 이 정도까지 시큰둥할지 몰랐기 때문에 속으로 꽤나 당황했다.

'얘네가 뭐를 잘못 먹었나…… 아무리 그래도 그래미 어워드인데…….'

하지만 다행이라고 해야 할까.

며칠을 조금 더 두고 보자, 밀키웨이 멤버들은 겉으로만 담담할 뿐 그래미 어워드 참가에 꽤나 기대를 하는 것 같았다.

스케줄을 정리하여 특별 공연을 위해 꽤나 많은 연습 시간을 할애한다는 것만으로도 정호는 이 사실을 알 수 있었다.

땀을 흘리며 열심히 연습을 하는 밀키웨이 멤버들을 보며 정호가 생각했다.

'녀석들. 저번 그래미 어워드에 참가를 못 한 게 내심 마음에 걸렸구나. 그래서 그런 반응이었어.'

동시에 그래미 어워드라는 이름값에 눌리지 않기 위한 반응이기도 했다.

확실히 최근 밀키웨이 멤버들은 큰 공연을 앞두고 긴장을 하지 않기 위해 마인드 컨트롤에 부단히 노력하고 있었다.

무릇 세계적인 스타라면 가져야 할 좋은 반응이었다.

'긴장감이 없는 무대는 없다. 그것을 받아들이는 태도가 더 중요한 법이지.'

정호가 이런 생각을 하며 고개를 끄덕였다.

밀키웨이 멤버들의 연습은 〈미스 하노이〉의 월드 투어 공연을 마무리하고 유미지가 귀국하면서 더 열정적으로 변했다.

"후렴이 시작될 때 왼쪽으로 턴을 도는 게 조금 어색하지 않았어? 스무 번만 더 해보자."

리더인 유미지만이 케어해줄 수 있는 부분이 분명 있었기 때문이었다.

그렇게 2주간 연습이 더 이어졌고 마침내 그래미 어워드를 위해 밀키웨이 멤버들과 정호가 미국으로 향했다.

이번만큼은 긴장감과 설렘을 감추기가 힘들었는지 신유나와 오서연의 얼굴이 약간 상기되어 있었다.

워낙 감정에 솔직한 하수아와 유미지는 말할 것도 없고.

정호가 그런 밀키웨이 멤버들에게 웃으며 말해줬다.

"늘 하던 거야. 늘 하던 거. 연습 많이 했으니깐 그냥 즐기다가 오자."

정호의 말에 밀키웨이 멤버들이 고개를 끄덕였다.

마음이 조금 진정되는 모양이었다.

정호는 밀키웨이 멤버들의 안정된 표정을 확인한 뒤 고개를 돌려 비행기의 창문 너머를 바라봤다.

높은 하늘이 보였다.

높은 하늘을 보니 정호는 왠지 긴장감과 설렘이 더 고조되는 듯한 느낌을 받았다.

그랬다.

사실 밀키웨이 멤버들보다 속으로 더 떨고 있는 사람이 정호였다.

그저 밀키웨이 멤버들보다 그걸 잘 감추고 있었을 뿐이었다.

정호가 속으로 생각했다.

'휴…… 안 들켰겠지…….'

정호도 그래미 어워드의 참석은 이번이 처음이었다.

20장. 전조

미국에 도착한 밀키웨이는 미리 초청을 받은 닉 리먼드의 저택으로 향했다.

닉 리먼드는 저택의 대문 앞까지 나와 반갑게 일행을 맞이했다.

"어서 와요, 기다리고 있었습니다!"

밀키웨이의 이번 그래드 어워드 참가를 누구보다 반긴 사람 중 하나는 다름 아닌 닉 리먼드였다.

작년 그래미 어워드에서 닉 리먼드는 '최우수 팝 솔로 퍼포먼스상'을 받는데 사실 이렇게 된 데에는 신유나와의 공동 앨범 작업이 큰 영향을 끼쳤고 그러다 보니 '최우수 신인상 후보'에도 오르지 못한 신유나에게 미안한 마음을 가질 수밖에 없었다.

"아주 기쁜 날이에요! 올해의 레코드상과 올해의 앨범상 후보에 오른 한 사람과 한 팀이 같은 저택에서 머물다니! 제 최고의 날입니다!"

이번 해에는 올해의 레코드상 후보에 오른 닉 리먼드가 특유의 장난기 어린 말투로 이렇게 말했다.

그러자 하수아가 끼어들었다.

"미지 언니랑 같이 있게 되어서 기쁜 것 아니고…… 아차! 내가 이런 말실수를……."

말실수라고 하지만 다분히 고의성이 섞인 하수아의 장난에 닉 리먼드가 우울한 기색을 내비쳤다.

사실 얼마 전에 닉 리먼드가 〈미스 하노이〉의 월드 투어 중인 유미지를 쫓아가 고백한 일이 있었기 때문이었다.

물론 우울한 기색에서 알 수 있듯이 닉 리먼드는 보기 좋게 차여 버렸다.

정호가 속으로 생각했다.

'바쁜 활동으로 서로의 얼굴을 볼 수 없는데 어떻게 자신이 좋은 여자 친구가 될 수 있겠냐는 게 미지의 생각이었다지? 후후후, 이걸로 한시름은 덜은 건가?'

우울해하는 닉 리먼드를 보며 유미지를 제외한 모든 일행이 억지로 웃음을 참았다.

당사자에게는 미안한 일이지만 닉 리먼드의 우울한 표정은 평소 장난기 넘치는 모습 때문인지 굉장히 희극적으로 느껴졌다.

심지어 옆에 같이 서 있던 제이미 존슨마저도 입을 가린 양손 사이로 푸흡 하고 웃음소리가 튀어나오는 걸 막지 못할 정도였다.

유미지만이 그런 닉 리먼드에게 곤란한 동시에 미안하다는 표정을 짓고 있었다.

결국 한껏 우울해진 닉 리먼드가 조용히 이 저택의 집사인 준에게 말했다.

"준, 손님들을 안내해 주세요. 저는 좀 피곤해서 쉬어야겠습니다. 어제 작업을 하느라 밤을 새웠잖아요."

집주인의 마음을 헤아린 준이 사람 좋은 미소를 지으며 일행에게 말했다.

"이쪽으로 오시죠. 방을 안내해 드리겠습니다."

준의 안내를 받으며 정호가 닉 리먼드의 상태를 슬쩍 확인했다.

이제 우울해하다 못해 울상을 짓고 있는 닉 리먼드를 제이미 존슨이 위로하고 있었다.

"닉, 괜찮아. 힘내라고 친구. 네가 평소 얼마나 인기가 많은지 알아."

하지만 닉 리먼드는 제이미 존슨의 위로를 받아들이지 못했다.

제이미 존슨의 목소리에서 여전히 웃음기가 사라지지 않았기 때문이었다.

"놔둬! 제발 나를 좀 혼자 놔두라고!"

정호는 그런 닉 리먼드를 보며 고개를 가로저었다.

안타깝기는 하지만 어쩔 수 없었다.

보수적인 정호는 스캔들에 관해서만큼은 언제나 반대의 입장이었다.

◇ ◆ ◇

사실 아무리 친하다지만 어느 정도 민폐가 되리란 걸 알면서도 닉 리먼드의 초청을 받아들인 것은 닉 리먼드의 저택이 연습을 하기에 좋은 장소이기 때문이었다.

밀키웨이 멤버들은 미국에서도 그래미 어워드를 대비한 연습을 이어 나가길 원했다.

이번 그래미 어워드가 열리는 로스엔젤레스 주변의 칠성급 호텔을 잡아 그래미 어워드 전야제를 구경하는 건 어떻겠냐는 정호의 질문에 신유나가 시큰둥한 표정으로 대답했다.

"여태껏 미국 관광은 질리도록 했어요. 그냥 연습이나 할게요."

그런 까닭에 연습실은 물론이고 각종 음향 장비가 완벽하게 구비된 닉 리먼드의 저택을 숙소로 선택한 것이었다.

무엇보다 웬만한 칠성급 호텔보다 닉 리먼드의 저택이 여러모로 편한 것도 사실이었다.

그렇게 미국에서도 밀키웨이 멤버들은 그래미 어워드의 특별 공연을 위한 맹연습을 이어 나갔고 마침내 그래미 어워드의 날이 밝았다.

세계적인 무대답게 그래미 어워드의 리허설은 아침 일찍부터 진행됐다.

복잡한 절차로 인해 괜한 어려움을 겪지 않기 위한 그래미 어워드 측의 안배였다.

특별 공연을 하는 팀들의 면모가 워낙 대단했기 때문에 그래미 어워드 입장에서는 그들을 일종의 손님처럼 대할 필요가 있었다.

밀키웨이 멤버들의 리허설은 오후 3시였다.

이번 특별 공연에 예정된 두 곡을 한 시간 정도 리허설을 해 보는 일정이었다.

두 곡은 멤버 네 사람의 가창력이 돋보이는 발라드곡과 엄청난 퍼포먼스가 예정된 댄스곡이었다.

두 곡 다 따로 리허설 할 때는 특별한 애로사항이 발생하지 않았다.

먼저 발라드곡의 리허설이 있었다.

두 번째 앨범 〈피아노 레인〉에 수록된 한유현이 작곡한 발라드곡을 신유나가 다시 극적인 느낌으로 편곡한 곡이었다.

〈세상의 끝, 그 여인〉이라는 곡이었는데, 잔잔한 피아노 전주로 시작하는 도입부와 신유나의 고음 파트가 중요한 포인트로 작용하는 곡이었다.

리허설이 끝나고 하이라이트의 고음을 깔끔하게 처리한 신유나에게 유미지가 소리쳤다.

"좋다! 유나야!"

하수아도 환호에 합세했다.

"대박이다~ 잘했어!"

본 공연이 시작되면 이런 식의 환호를 하지 못하기 때문에 미리 환호와 응원을 해주며 무대에 대한 자신감을 키워주는 행위는 상당히 중요했다.

전쟁을 나가기 전에 병사들의 사기를 북돋아주는 행위와 비슷하다고 볼 수 있었다.

신유나가 자신에게 환호를 보내주는 멤버들에게 밝게 웃어 보였다.

그 모습을 보며 정호가 생각했다.

'확실히 밀키웨이 멤버들은 팀워크가 좋아. 내가 맡아본 어떤 연예인들보다도. 이런 것도 알아서 할 줄 알고 말이야.'

이어서 바로 댄스곡 리허설이 시작됐다.

지금의 밀키웨이를 있게 만들어준 세 번째 앨범 〈러닝〉의 타이틀곡을 스탠드 마이크 댄스 버전으로 오서연이 편곡한 곡이었다.

역시나 밀키웨이 멤버들은 리허설임에도 불구하고 단 한 번의 실수 없이 멋지게 공연을 마무리 지었다.

이번에는 정호가 환호와 찬사를 보낼 차례였다.

"다들 수고했다! 오늘 아주 무대가 뒤집어지겠어!"

정호의 칭찬에 밀키웨이 멤버들도 만족스러운 표정을 띠었다.

하지만 곧이어 발라드곡과 댄스곡을 합쳐서 부르는 리허설을 진행되고 나자 밀키웨이 멤버들의 표정이 살짝 어두워졌다.

그래미 어워드 측 스태프들이 밀키웨이 멤버들의 표정을 읽고 문제가 있는지 다가와 물었다.

유미지가 대답했다.

"약간 불안해요. 유나 쪽 스탠드 마이크를 제가 잡았을 때 조금 흔들렸거든요. 어때, 유나야?"

"흔들려요. 스탠드 마이크를 바꿔야 할 것 같아요."

스태프들 중 한 사람이 대답했다.

이번 특별 공연의 무대 감독을 담당하고 있는 도날드 찬이라는 사람이었다.

"알겠습니다. 걱정 마세요. 새로운 스탠드 마이크를 구하든, 스탠드 마이크를 수리하든 방법을 강구해서 특별 공연 전까지는 처리해 두겠습니다."

다음 팀의 리허설 시간이 가까워졌기 때문에 이 정도 대답으로 만족할 수밖에 없었다.

정호가 도날드 찬에게 악수를 청하며 말했다.

"부탁드리겠습니다."

정호는 악수를 하며 이번 공연이 얼마만큼 밀키웨이 멤버들과 자신에게 중요한 의미인지 설명을 하려다가 말았다.

어차피 그런 설명은 쓸데없는 잔소리가 될 공산이 컸다.

무대 감독인 도날드 찬에게도 그래미 어워드의 공연이 중요하기는 마찬가지였다.

정호와 밀키웨이가 내려가고 나서 도날드 찬 옆으로 스태프 하나가 다가왔다.

밀키웨이 멤버들을 요청을 듣고 스탠드 마이크의 물량을 확인하러 갔던 스태프였다.

"이거 어쩌죠? 새로운 스탠드 마이크를 구하기 쉽지 않을 것 같습니다."

스태프의 말에 도날드 찬이 눈살을 찌푸리며 대답했다.

"예비 물량 없어?"

"그래미 어워드를 위해서 준비한 물량은 이미 전부 다 풀었습니다. 그래미 어워드용으로 제작된 스탠드 마이크라서 지금에 와서 한 개만 따로 만들 수도 없는 상황이고요."

이런 준비도 미리 하지 못한 장비팀을 향해 살짝 짜증이 났지만 이 상황에서 화를 내봐야 소용이 없었다.

도날드 찬은 침착하게 스태프에게 지시를 내렸다.

"진행자 쪽 마이크랑 교체해 봐. 문제를 알고도 넘어갈 수는 없는 거잖아."

"그렇군요. 진행자가 격렬한 춤사위를 펼칠 리는 없겠죠. 그렇게 처리하겠습니다."

도날드 찬의 지시를 따라 스태프가 움직였고 신유나가 사용했던 스탠드 마이크는 다른 스탠드 마이크로 교체됐다.

다만 다음 리허설 준비 때문에 스태프는 새로 교체한 스탠드 마이크가 튼튼한지 확인할 새가 없었다.

서둘러 돌아오는 스태프에게 도날드 찬이 입모양으로 물었다.

"교체했어?"

스태프가 고개를 끄덕였고 도날드 찬이 만족스러워하며 다음 팀의 리허설 공연에 집중했다.

◇ ◆ ◇

네 시간 후, 백스테이지.

그래미 어워드 시작 전부터 밀키웨이 멤버들은 많은 세계적인 뮤지션들과 인사를 나눌 수 있었다.

닉 리먼드가 적극적으로 밀키웨이 멤버들을 다른 가수들에게 소개를 했기 때문이었다.

세계무대에서 워낙 성격이 좋기로 유명한 닉 리먼드였다.

닉 리먼드에게 이런 일은 아무것도 아니었다.

그렇게 수많은 유명 인사들이 밀키웨이 멤버들과 인사를 나눴지만 그중에서도 단연 최고는 아딜과의 만남이었다.

아딜은 〈Hey, Hi〉라는 곡으로 작년 그래미 어워드에서 올해의 노래상, 올해의 레코드상, 올해의 앨범상을 휩쓸었던 인물이었다.

닉 리먼드가 멀찌감치 백스테이지 뒤쪽에 서 있는 아딜을 불렀다.

"아딜! 이쪽 좀 봐줘요."

"오, 닉!"

닉 리먼드의 목소리를 들은 아딜이 이쪽으로 다가왔고 닉 리먼드와 아딜이 포옹을 나눴다.

포옹을 풀며 닉 리먼드가 아딜에게 밀키웨이 멤버들을 소개시켜 줬다.

"이쪽은 아딜에 이어서 이번 해, 올해의 앨범상 후보에 오른 밀키웨이예요. 내가 여러 번 말했죠?"

아딜이 긍정의 표시로 고개를 살짝 끄덕여 보였다.

"그리고 이쪽은 모를 리가 없겠지만 작년에 내가 받고 싶은 상을 전부 휩쓸어간 아딜이에요."

아딜이 미소를 지으며 밀키웨이 멤버들과 악수를 나눴다.

밀키웨이 멤버들도 아딜이라는 이름값에 눌리지 않고 당당하게 악수했다.

생각보다 털털한 성격인 듯 아딜이 말했다.

"다들 보기 좋아요. 작년에는 밀키웨이가 후보에 없어서 제가 상을 탔으니 이번에는 제가 없는 만큼 꼭 밀키웨이가 상을 탔으면 좋겠네요."

하수아가 아딜의 말을 자연스럽게 받았다.

"아마도 그러지 않을까요? 다만 아딜처럼 세 개의 부문을 석권하진 못하겠네요. 그래서 부탁하는데 다음번에도 후보에 올라오지 않아 주시면 안 될까요?"

하수아의 농담에 아딜이 큰 소리로 웃었다.

성량에 어울리는 호탕한 웃음이었다.

"이런 재치 있는 친구들을 이제야 만나다니 자주 봤으면 좋겠네요. 하수아 양이라고 했죠? 그 부탁, 노력해 볼게요."

하수아가 고개를 숙이며 정중하게 답했다.

"부탁 들어주셔서 감사합니다."

그러자 아딜이 다시 한 번 웃음을 터뜨렸고 잠시 후에 펼쳐질 특별 공연을 기대하겠다는 말과 함께 자리를 떠났다.

닉 리먼드가 그 모습을 흐뭇하게 보다가 말했다.

"그러게, 제가 진즉에 이런 자리에 자주 오자고 했잖아요. 얼마나 보기 좋아요. 다들 다른 사람들과 잘 어울리고."

닉 리먼드는 사실 작년부터 밀키웨이 멤버들을 세계적인 유명 인사들과 인사를 시키기 위해서 부단히 노력했다.

다만 이런 쪽에 욕심이 없는 밀키웨이 멤버들이 그 노력에 응하지 않았을 뿐이었다.

신유나가 닉 리먼드의 말에 답했다.

"됐어요. 지금 이렇게 만나는 것만으로도 충분히 피곤해요. 아딜을 만난 건 좋았지만요."

이제 꽤 오랜 시간, 여러 번 함께 작업을 하며 신유나에 대해 어느 정도 알게 된 닉 리먼드가 웃으며 대꾸했다.

괜한 불평을 해봐야 신유나가 귓등으로도 듣지 않는다는 걸 이제 안다는 뜻이었다.

그래서 닉 리먼드는 더 이상 불평하지 않고 아딜에 대한 이야기를 했다.

"표정을 보아하니 아딜도 밀키웨이 멤버들을 만나서 기쁜 듯했습니다. 그렇게 유쾌하게 웃는 것은 근래에 들어서 오랜만이었거든요."

닉 리먼드의 말에 밀키웨이 멤버들이 뿌듯한 표정을 지었다.

명예욕을 떠나서 대단한 명성을 가진 누군가에게 인정을 받는다는 건 좋은 일이었기 때문이었다.

그렇게 닉 리먼드와 밀키웨이 멤버들이 대화를 나누고 있을 때 그래미 어워드 측의 스태프들이 일제히 외쳤다.

"자, 이제 초대된 분들은 지정된 좌석으로 이동해 주세요! 곧 그래미 어워드의 문이 열립니다!"

21장. 결연한 서막

닉 리먼드와 밀키웨이 멤버들은 지정된 좌석으로 이동하기 위해 움직였다.

정호는 백스테이지에 남았다.

"이따 봐요, 이사님."

"잘하고 올게요."

"저희 모습 잘 모니터링해 줘요."

"예스! 오늘은 와인으로 달린다!"

그렇게 백스테이지에 남았지만 심심하지는 않았다.

수많은 유명 인사들의 매니저들과 관련 스태프들이 여전히 백스테이지에 상주하고 있었기 때문이었다.

그들을 보는 것만으로도 정호에게는 의미가 있었다.

정호는 그들처럼 반짝반짝 빛나는 별이 아닌 별이 빛날 수 있게 도와주는 새까만 밤하늘이 되고 싶은 사람이었으니깐.

'이 잠깐 동안 세계적인 소속사나 음반사의 직원들이 어떻게 판단하고 행동하는지 전부 알 수는 없다. 하지만 단편적으로 그들의 모습을 지켜보는 것만으로도 배울 점이 분명 있어.'

음반 회사와 방송국의 강한 연계가 있는 일본, 무엇보다 인맥이 강력한 힘으로 작용하는 중국, 흔히 '레이블'이라는 말로 통용되는 레코드사의 힘이 중요한 미국, 록 음악이 대표적으로 전 국민에게 사랑받는 영국 등의 분위기가 직원들 사이에 고스란히 녹아 있어 여러모로 흥미로웠다.

그러다 보니 정호는 외로움을 느낄 새도 없었다.

무엇보다도 정호의 옆에는 같은 처지의 동료 한 사람이 남아 있었다.

바로 제이미 존슨이었다.

한눈을 열심히 팔며 주변을 구경 중인 정호에게 제이미 존슨이 말했다.

"닉과 밀키웨이 멤버들이 착석했군요. 저쪽 화면으로 잡힙니다."

제이미 존슨의 말에 정호가 시선을 백스테이지 중앙에 마련된 여러 개의 모니터 화면 쪽으로 돌렸다.

마치 첩보 영화에 등장하는 대기업의 보안실 화면을

방불케 하듯 수십 개의 화면이 그래미 어워드가 진행되는 스테이플스 센터의 다양한 그림을 잡고 있었다.

세계적인 음악 축제 그래미 어워드다운 스케일이었다.

정호가 고개를 돌려보니 제이미 존슨의 말대로 한 대의 카메라가 고정적으로 닉 리먼드와 밀키웨이 멤버들을 잡고 있었다.

전담 카메라가 아니고 근처에 착석한 모든 사람들을 잡기 위한 카메라였지만 닉 리먼드와 밀키웨이 멤버들이 화면의 중앙에 있어 꼭 전담 카메라처럼 느껴졌다.

"저번에는 닉이 왼쪽 사이드에 걸쳐 잡혀서 홀로 굉장히 분노했는데 이번에는 여러모로 다행입니다. 아마 밀키웨이의 덕을 보는 거겠죠."

"한 해의 활약도에 따라서 카메라가 어떤 식으로 잡히는지 결정되는 겁니까?"

정호의 질문에 제이미 존슨이 어깨를 들썩이며 대답했다.

"꼭 그렇다고 그래미 어워드 측에서 말한 건 아니지만 왠지 그런 느낌이더군요. 닉이 올해의 앨범상을 받았을 때는 주변에 대단한 인물이 아무도 없었지만 카메라를 지금처럼 배정받았거든요."

정호가 납득한다는 듯 고개를 끄덕였다.

대한민국에서도 이런 일은 비일비재했다.

'그 해의 이슈가 된 인물에 카메라를 할당하는 것까지

뭐라고 할 수는 없지. 어쨌든 올해는 밀키웨이 멤버들이 좋은 자리의 카메라를 받았으니 만족이라고 해야 할까.'

좋은 자리의 카메라를 받았다고 해서 더 많이 방송에 나간다는 보장은 없었다.

그래도 한 컷이라도 방송에 나갈 확률이 높아진다고 봐야 했다.

'특별 공연까지 배정받은 상태이니 사실 그리 큰 의미는 없겠지만……'

정호가 이런 생각을 하고 있을 때 개막 행사를 지켜보며 제이미 존슨이 정호에게 물어 왔다.

"그나저나 밀키웨이 멤버들은 특별 공연 준비를 잘했나요? 리허설이 성공적이었다는 얘기는 닉에게 얼핏 들었는데……"

제이미 존슨의 말에 정호가 답했다.

"좋았습니다. 댄스곡을 부르다가 스탠드 마이크가 약간 헐거워서 조치도 요청했고요."

조치를 요청했을 뿐만 아니라 조치가 잘되었는지 한창 분주한 도날드 찬을 찾아가 직접 확인까지 받은 상태였다.

"리허설부터 꼭 함께하고 싶었는데 아쉽습니다. 갑자기 미팅이 잡히지만 않았으면 좋았을 텐데……"

"제이미가 있었으면 든든했겠지요. 하지만 걱정하지 마세요. 밀키웨이 멤버들은 아주 훌륭히 리허설을 소화했고, 언제나 그렇듯이 이번에도 리허설보다 열 배 좋은 본 공연을 보여줄 겁니다."

정호의 자신감 넘치는 말에 제이미 존슨이 옅게 웃으며 대답했다.

"밀키웨이라면 분명 그렇겠지요. 이번 리허설을 지켜본 닉도 정말 굉장하다고 하더군요. 저도 기대 중입니다."

정호와 제이미 존슨이 이런 식으로 덕담을 나누고 있을 때 화려한 동시에 길고 지루한 개막식 행사가 마무리됐다.

그리고 본격적으로 그래미 어워드의 첫 번째 특별 공연이 시작됐다.

"시작이군요."

"시작입니다."

확실히 수준이 높았다.

첫 번째 특별 공연 이후로 많은 팀들이 공연을 했는데 그 팀들은 하나같이 높은 수준의 공연을 선보였다.

모니터 화면으로 보고 있음에도 불구하고 그렇다는 걸 한눈에 알 수 있었다.

'무엇보다도 백스테이지까지 넘어오는 관중들의 환호 때문에 그렇게 느껴지는 거겠지. 굉장한 열기다.'

정호가 놀랐다는 걸 알았는지 옆에 서 있던 제이미 존슨이 말을 걸었다.

"굉장하지 않습니까?"

정호가 순순히 대답했다.

"굉장합니다."

그러자 제이미 존슨은 고개를 끄덕이며 자신의 평소 생각을 털어놨다.

"가끔 저런 공연 무대에서 공연을 하는 가수들에 대해서 생각합니다. 처음 일렉트로닉 레코드에 들어왔을 때만 해도 그럴 여유도, 여지도 없었는데 어느 순간부터 자꾸 이런 상상을 하게 되더군요. 닉과 같은 가수가 되고 싶어서가 아니라 저 무대 위에 올라간 닉의 마음이 어떨지가 궁금해서요."

정호는 누구보다도 제이미 존슨이 하는 말이 무엇인지 공감할 수 있었다.

정호가 물었다.

"그래서 어땠습니까? 상상뿐이지만 저 위에 올라간 소감이?"

"말로 형용할 수 없는 기분이더군요. 사실 계속 반복해서 일을 하면서 가수들이 조금은 부속품처럼 보이기 시작했던 것도 사실입니다. 녹음, 홍보, 공연, 투어, 다시 녹음. 이런 것들이 쌓이다 보니 가수들이 돈을 벌어다주는 기계처럼 느껴진 것이죠. 하지만 무대 위에 선 가수들을 상상하기 시작하면서 저는 달라졌습니다. 이제 누구보다 그들을 존중합니다. 그들은 범인이 이겨낼 수 없는 압박감 속에서도 무대를 즐기고 관객과 소통하는 비범한 존재들이니까요."

정호가 고개를 끄덕였다.

그러고는 위로하듯 제이미 존슨에게 말했다.

"그런 생각을 해주는 제이미 존슨이 있어서 닉 리먼드가 저런 무대 위에서 공연을 할 수 있는 겁니다. 모두가 닉을 우러러볼 때 닉은 제이미를 우러러보고 있지 않습니까."

"닉이 저를요?"

"아닙니까? 저한테는 그렇게 보이던데?"

제이미 존슨은 자기만의 생각에 빠진 듯 한참 말없이 그래미 어워드의 특별 공연이 펼쳐지고 있는 모니터 화면을 멍하니 들여다봤다.

그러다가 잠시 후, 중얼거리듯 말했다.

"그럴지도…… 그럴지도 모르겠군요."

그런 뒤 정호를 돌아봤다.

"마치 밀키웨이 멤버들이 오 이사님을 그렇게 바라보고 있는 것처럼요."

정호는 대답 대신 제이미 존슨에게 웃어 보일 뿐이었다.

속으로 이렇게 대답하면서.

'저는 그런 존경은 바라지도 않습니다. 그저 제 존재가 저 무대를 이겨내는 데, 즐기는 데, 조금의 도움이 되기만을 바랄 뿐…….'

◇ ◆ ◇

순서가 순식간에 지나갔고 밀키웨이 멤버들이 무대에 오르기 위해서 백스테이지로 돌아왔다.

정호를 가장 먼저 발견한 하수아가 호들갑을 떨었다.

"이사님, 앞선 무대들 봤어요? 대박…… 수준이 장난 아니에요."

정호가 하수아의 호들갑스러운 얘기를 들으며 밀키웨이 멤버들을 슥, 훑었다.

아닌 게 아니라 위에서 본 무대가 압도적이었는지 다들 조금 멍한 표정을 짓고 있었다.

어렴풋이 긴장감이 전해지기도 했다.

'좋지만은 않은 상태다. 본인들의 무대에 집중할 수 있도록 도와줄 필요가 있겠어.'

정호가 밀키웨이 멤버들의 상태를 다시금 되짚으며 하수아에게 물었다.

"대단하지? 막 압도적이고?"

정호가 말을 받아주자 하수아가 신나서 떠들었다.

"엄청나요! 하나같이 중, 고등학교 때 음원으로 수백 번씩 듣던 노래를 부르는 가수들이잖아요! 그런 가수들이 제 앞에서 노래를 부르니, 막…… 미쳤다는 생각밖에 안 들어요! 심지어 어느 정도냐면 음원으로 듣던 노래들의 음질 상태가 영구리다는 생각까지 했다니까요? 아니, 확실해요……. 분명

음모가 있을 거야……. 이렇게 무대보다 구린 음원이라
니……."

어찌 보면 흔한 반응이었다.

음악적으로는 음원이 분명 듣기 좋고 뛰어나겠지만 그럼
에도 불구하고 무대에서 열기를 느끼고 실제 가수의 라이
브를 듣는 것만 하지는 않는 법이었다.

음원에는 도저히 담기지 않는 무대만의 아우라라는 것이
있었다.

하지만 그렇다고 해서 언제까지 이렇게 관중의 입장에서
생각하게 둘 수만은 없었다.

그래서 정호가 말했다.

"대단하지. 나도 모니터 화면으로 보는데 정말 놀랐어.
정말 압도적이더라."

정호가 하수아의 말을 받아 다른 가수들을 칭찬하자 밀
키웨이 멤버들의 눈빛이 살짝 달라졌다.

멍하던 눈빛이 살짝 흔들리더니 갑자기 어떤 경쟁심 같
은 걸 느끼기 시작하는 듯했다.

정호가 그런 밀키웨이 멤버들의 눈빛을 확인하면서 말했다.

"근데 그거 알아? 그 대단한 가수들이 전부 다 지금 너희
랑 어깨를 나란히 하고 있다는 거야."

잠시간의 정적.

신나서 말을 하던 하수아마저도 어떤 낌새를 느끼고 입
을 다물었다.

입만 다문 게 아니라 표정 자체가 결연한 무언가로 바뀌어 있었다.

그런 밀키웨이 멤버들을 향해 정호가 입을 열었다.

"어때? 보여줄 수 있겠어? 저들에게 너희가 어깨를 나란히 할 만한 가수들이라는걸?"

정호의 질문에 오서연이 피식, 바람 빠지는 듯한 웃음을 짓더니 대답했다.

"당연한 거 아니에요? 축하주나 준비해 주세요. 저희가 그래미 어워드를 찢어놓을 테니깐."

오서연이 그렇게 먼저 공연 준비를 위한 대기실로 들어갔고 이어서 신유나가 이글이글 불타는 눈빛으로 오서연을 따라 들어갔다.

하수아는 자기가 괜한 오버를 해서 상황이 이상해졌다고 생각하는지 곤란하다는 듯 이마를 부여잡은 채 두 사람을 따랐다.

마지막으로 유미지가 대기실로 들어가면서 말했다.

"아까 와인을 입에 쏟아붓겠다고 맹렬하게 달려가던 서연이가 공연이 있다는 걸 깨닫고 술 한 잔 입에 대지 않았거든요, 후후후. 아마 공연은 기대해도 좋으실 거예요."

"물론이지. 나도 너희가 잘해낼 거라는 걸 알아."

그렇게 유미지가 정호와 서로를 위하는 눈빛을 교환하며 대기실 안으로 사라졌다.

그런 정호에게 제이미 존슨이 다가왔다.

"확실히 불을 지르셨군요."

정호가 웃으며 대답했다.

"불을 지르지 않아도 잘하겠지만 지르면 더 잘하죠. 그게 밀키웨이입니다."

◇ ◆ ◇

잠시 후.

준비를 끝마친 밀키웨이 멤버들이 결연한 표정으로 그래미 어워드의 무대 위로 올라갔다.

한마디 말도 함부로 하는 멤버가 없었다.

전 세계의 팬들에게, 전 세계의 유명 인사들에게, 그리고 정호에게 무대로 뭔가를 말해주겠다는 의지가 확실하게 투영된 모습이었다.

그렇게 밀키웨이의 첫 그래미 어워드 특별 공연이 시작됐다.

그리고 그건 아찔한 방송사고의 서막이기도 했다.

22장. 미친 팀워크와 대처 능력

띠링, 띵띵, 띠리띠리링.

은은한 피아노곡이 전주로 깔렸다.

〈세상의 끝, 그 여인〉의 중요 포인트 중 하나로 은은하지만 강렬한 전주가 그래미 어워드에 깔리자마자 관객석에서는 환호가 터져 나왔다.

"와아아아!"

"누구야? 누구야?"

적지 않은 밀키웨이 팬들도 이번 그래미 어워드를 찾았기 때문에 몇몇 사람들은 이 노래가 〈세상의 끝, 그 여인〉인 걸 눈치 챘다.

"드디어 나왔다아아!"

"밀키웨이이이이이!"

그리고 이런 환호를 뚫고 전주 위에 하수아의 음색이 얹어졌다.

─보랏빛 하늘. 은하수가 우리의 밤을 수놓는 시간. 가장 작은 망원경이라도 좋아요. 하늘을 더 가까이 볼 수 있게 그 망원경을 나한테 줄 수 있나요?

예능계의 블루칩으로 활약하는 하수아였지만 기본기가 탄탄한 노래 실력만큼은 누구도 부정할 수 없었다.

다시 한 번 전 세계의 팬들에게 그 사실을 하수아가 입증하고 있었다.

백스테이지에서조차 하수아의 꽉 찬 음색에 빠져 "우와." 하는 탄성을 내지르는 직원이 있을 정도였다.

이어서 탄탄한 기본기를 논할 때 빼놓을 수 없는 유미지의 노래가 흘러나왔다.

신유나와 같은 그룹의 멤버만 아니라면 어떤 걸 그룹에 소속되어도 첫손에 꼽힐 만한 노래 실력을 가진 것이 바로 유미지였다.

─눈부신 사랑. 끝없는 밤하늘로 우리가 떠날 시간. 가장 작은 돛단배라도 좋아요. 당신과 이 밤을 여행할 수 있게 그 배에 나를 태워줄 수 있나요?

굳이 따지자면 유미지의 파트는 〈세상의 끝, 그 여인〉의 핵심 포인트인 피아노 전주 뒤에 노래를 부른 하수아의 파트보다는 임팩트가 강하지 않았다.

하지만 밀키웨이 멤버들 중에서 가장 독특한 음색을 가진 오서연에게 바통을 자연스럽게 넘겼다는 것만으로도 유미지의 파트는 중요한 의미가 있었다.

오서연이 오케스트라 연주와 함께 〈세상의 끝, 그 여인〉의 음을 고조시켰다.

—이 밤이 당장 끝난다고 해도 나는 슬프지 않을 거야. 우리의 여행이 시작된 순간, 나는 이미 이 밤의 끝을 봤으니깐. 아나요? 당신이 사랑한 내가 누구인지? 내가 이미 어떤 끝을 보았는지?

랩도 잘하지만 노래 실력도 그에 못지않은 오서연이 독특한 자신만의 창법으로 〈세상의 끝, 그 여인〉을 절정의 바로 직전까지 올려놓았다.

사실 애초에 밀키웨이가 4인조 걸 그룹이 될 수 있었던 것도 랩의 전문가인 오서연이 노래가 주가 되는 곡에서도 충분히 제 역할을 소화할 수 있기 때문이었다.

하지만 그럼에도 불구하고 음원으로만 밀키웨이의 음악을 접했던 사람들은 오서연의 실제 목소리를 듣고 굉장히 놀라고 있었다.

오서연이 이 정도의 실력을 가진지 알지 못했던 까닭에 놀란 것도 있었지만 음원에 잠깐잠깐 등장하던 독특한 음색의 주인공이 바로 오서연이라는 사실을 지금 깨달았던 것이다.

이제 이어서 〈세상의 끝, 그 여인〉의 하이라이트인 신유나의 고음 파트였다.

—당신이 원한다면 시작하지도 않았을 거야. 당신이 원했다면 우린 이미 끝에 도달했지. 당신의 끝. 세상의 끝. 우리 사랑도 여기서 끝.

"당신의 끝. 세상의 끝."에서 이미 한 번 최고 수준의 고음에 도달했는데도 신유나는 멈추지 않았다.

누구라도 듣는 순간 경악할 만한 고음부가 남았기 때문이었다.

그리고 이어서 신유나가 "우리 사랑도 여기서 끝."이라는 부분을 부르자 모든 간주가 사라졌고 밤하늘을 뚫을 기세의 고음만이 무대 위에 남았다.

관객들은 말을 잃었다.

아무리 그래미 어워드라지만 이런 수준의 고음이 등장할 거라고는 아무도 생각하지 못했던 것이다.

정호가 그걸 보면서 생각했다.

'원래 유나는 고음보다는 음색을 장점이자 매력 포인트로 내놓은 가수였다. 적어도 복면가수왕까지는. 하지만 유나는 복면가수왕의 패배 이후 끊임없이 정진했어. 어떤 누구에게도 고음조차 밀리지 않도록.'

음악에 관해서만큼은 천재 중의 천재가 바로 신유나였다.

그리고 그런 신유나는 심지어 노력하는 천재였다.

노력하는 천재를 이길 사람은 세상에 존재하지 않았다.

관객들이 말을 잃은 사이 신유나의 고음이 스테이플스 센터를 훑고 지나갔고 다시금 웅대한 간주와 함께 밀키웨이 멤버들의 떼창이 시작됐다.

말을 잃었던 관객들은 이번에 넋을 잃었다.

떼창의 화음마저도 너무나도 완벽했던 것이다.

그렇게 유미지의 떨리듯 잔잔한 마무리로 〈세상의 끝, 그 여인〉이 마무리되었고 관객석에서는 고작 한 곡이 끝났을 뿐인데도 엄청난 환호와 박수 세례가 쏟아졌다.

◇ ◆ ◇

스테이플스 센터에 모인 관객들에게는 다행이라고나 해야 할까.

아직 밀키웨이 공연은 이게 끝이 아니었다.

간주가 순식간에 바뀌었고 스탠드 마이크 댄스 버전으로 편곡된 〈러닝〉의 경쾌한 음이 스테이플스 센터를 흥분의 도가니에 빠지게 만들었다.

뛰어난 노래에 이은 화려한 댄스 퍼포먼스를 세계의 음악팬들이 감상을 할 시간이었다.

—러닝 온. 러닝, 러닝 온. 가장 빠르게 사라질 거야. 러닝 온. 러닝, 러닝 온. 가장 뜨겁게 달려갈 거야.

전 세계 음악팬이라면 모르는 사람이 아는 사람보다 적은 노래였다.

간간이 〈러닝〉을 처음 듣는 음악팬도 있었지만 그런 음악팬조차 〈러닝〉의 후렴구를 손쉽게 따라 부르고 있었다.

'그러나 이번 무대의 핵심은 댄스!'

정호의 생각대로 쉬운 후렴구도 후렴구였지만 무엇보다 세계 음악팬들을 흥겹게 하는 것은 스탠드 마이크를 이용한 밀키웨이 멤버들의 안무였다.

밀키웨이 멤버들은 빠르게 자리를 옮기며 서로의 스탠드 마이크를 받아드는 방식으로 〈러닝〉의 무대를 꾸몄다.

마치 정말 무대 위를 '러닝' 하는 것만 같은 속도였다.

그렇게 첫 번째 후렴구가 끝나고 두 번째 후렴구가 이어질 때였다.

—러닝 온. 러닝, 러닝 온. 가장 새롭게 달라질 거…….

처음 시작할 때의 스탠드 마이크 위치로 돌아온 신유나가 스탠드 마이크에 손을 대자마자 이상한 낌새를 느꼈다.

'어, 이건!'

그렇게 생각하는 순간이었다.

스탠드 마이크의 윗부분이 갑자기 고정판과 분리됐다.

정호와 밀키웨이 멤버들은 시간이 잠깐 느려진 듯한 느낌을 받았다.

그만큼 놀랍고 충격적인 '사고'였다.

다른 곳도 아닌 전 세계인들의 음악 축제, 그래미 어워드에서 발생한 '대형사고'.

정호의 머릿속으로 목소리 하나가 끼어들었다.

—시간을 결제하시겠습니까?

그때 다시 느려진 것처럼 느껴지던 시간이 원래대로 돌아왔다.

'시간을…… 시간을 결제해야 해……. 밀키웨이의 첫 그래미 어워드 공연을 이대로 망칠 순 없어…….'

하지만 정호는 시간 결제를 하지 못했다.

더욱 놀라운 일이 무대 위에서 펼쳐졌기 때문이었다.

◇ ◆ ◇

갑작스러운 사고에도 불구하고 신유나는 당황하지 않았다.

당황하긴 했지만 동공이 살짝 흔들렸을 뿐 그 이상의 문제는 발생시키지 않았다.

'흔들려서는 안 돼!'

순간적으로 이렇게 생각하며 마음을 다잡았다.

신유나는 프로였다.

또한 밀키웨이라는 이름에 대한 책임감과 사랑이 어느 누구 못지않은 인물이기도 했다.

그렇기 때문에 자신이 흔들리는 순간, 이 무대가 처참히 무너지리라는 걸 잘 알았다.

'두 번째 후렴구에서는 나의 애드리브 파트가 이어진다……. 언니들을 믿고 중앙으로 이동해서 나는 애드리브를

당겨서 해야겠어.'

신유나의 판단은 적절했다.

러닝의 안무는 횡으로 펼쳐지는 동작인 만큼 네 사람이 할 때 가장 화려했지만 세 사람으로도 충분히 소화가 가능했다.

이럴 때는 자신이 들고 있는 스탠드 마이크를 과감하게 포기하고 중앙으로 이동해 애드리브를 하는 것이 가장 나았다.

그것이 지금 시점에서 무대를 가장 자연스럽게 꾸밀 수 있는 방법이었다.

그런 생각으로 신유나가 중앙으로 이동해서 〈러닝〉의 후렴구에 맞춰 애드리브를 넣었다.

눈치 빠른 팬들은 지금 엄청난 방송사고가 벌어졌다는 걸 알았지만 대부분의 사람들은 이것을 단순히 무대 연출이라고 생각했다.

'이걸로 됐어……. 조금 화려함은 덜하겠지만 언니들도 자연스럽게 후렴구 안무를…… 어?'

하지만 생각을 하고 판단을 내린 것은 신유나, 한 사람만이 아니었다.

신유나가 무대의 중앙으로 이동하는 그때, 유미지, 오서연, 하수아도 신유나의 의도를 파악했다.

그리고 누가 먼저랄 것도 없이 생각했다.

'이대로라면 무대의 화려함이 줄어든다……. 횡으로

움직여서는 안 돼. 유나를 중심으로 원을 돈다.'

신유나가 후렴구 애드리브에 들어갈 때 가장 먼저 움직인 것은 리더인 유미지였다.

유미지는 신유나의 오른쪽에서 왼쪽으로 둥글게 움직이며 첫 번째 반원을 그렸다.

그리고 그 스탠드 마이크를 받아서 하수아가 왼쪽에서 오른쪽으로 둥글게 움직이며 다음 반원을 그렸다.

그런 뒤, 다시 오서연이 하수아의 마이크를 받아들며 세 번째 반원을 그렸고 계속해서 원이 반복적으로 만들어졌다.

당장 시간을 결제하려고 했던 정호조차도 밀키웨이 멤버들의 무대를 바라보며 멍하니 입을 반쯤 벌려야 했을 정도로 완벽한 퍼포먼스였다.

"쩐다!"

"와아아아아아!"

"러닝 온! 러닝 온!"

밀키웨이의 화려한 퍼포먼스에 사람들이 환호했다.

하지만 정말 전율이 돋고 소름 끼쳐 하는 사람들은 지금 이 무대가 방송사고라는 것을 깨달은 사람들이었다.

확실히 기존 밀키웨이의 〈러닝〉 무대를 본 사람이라면 이 무대의 이상한 점을 깨달을 수 있었다.

지금까지 밀키웨이는 〈러닝〉에서 횡으로 움직이는 안무가 아닌 다른 안무를 한 적이 없었기 때문이었다.

원을 그리는 안무를 이번 그래미 어워드 무대를 위해 준비했을 수도 있었지만 그렇다고 하기에는 스탠드 마이크의 윗부분과 고정판의 분리는 확실히 수상했다.

그러다 보니 이것을 방송사고라고 확신하는 사람들이 적지 않았고 그 관객들은 밀키웨이 멤버들의 환상적인 팀워크에 놀랄 수밖에 없었다.

◇ ◆ ◇

그렇게 밀키웨이 멤버들이 급조했지만 동시에 그럴싸한 엔딩 포즈로 공연을 마무리했다.

방송사고가 벌어졌다고는 도저히 생각하지 못했는지 정호의 곁에서 제이미 존슨이 박수를 치며 말했다.

"대단하군요. 스탠드 마이크를 뽑아들고 무대 중앙에서 애드리브를 한다는 콘셉트라니 상상도 못했……."

하지만 말을 하면서 뭔가 이상하다고 느꼈는지 제이미 존슨이 말을 바꿨다.

"아까 스탠드 마이크가 흔들렸다고 했는데 설마 이건……."

정호가 순순히 고개를 끄덕이며 대답했다.

"맞습니다. 방송사고였어요."

소름이 돋는다는 듯 제이미 존슨이 양손으로 자신의 몸을 끌어안고 비비며 소리쳤다.

"와우! 말도 안 돼요! 그런 대형사고의 순간에서 저런 퍼포먼스라니!"

그때 백스테이지로 닉 리먼드가 달려왔다.

"봤습니까, 오 이사님? 이게 말이나 되는 퍼포먼스예요? 이런 팀워크와 대처 능력은 처음입니다! 살면서 제가 솔로 가수라는 게 이처럼 억울한 적은 더 처음이고요!"

평소에 과장이 심한 닉 리먼드이지만 이번만큼은 이 반응에 동의하지 않을 수가 없었다.

그만큼 밀키웨이 멤버들이 대형 사고의 순간에서 보여준 팀워크와 대처 능력은 역대급이었다.

'시간 결제조차 필요하지 않았다. 아니, 몇 번의 시간 결제를 한다 해도 만들 수 없는 엄청난 장면을 만들어냈어!'

그런 생각을 하고 있을 때 백스테이지로 밀키웨이 멤버들이 내려왔다.

밀키웨이 멤버들을 백스테이지의 모든 직원들과 관계자가 환호로 맞이했다.

그만큼 밀키웨이 멤버들이 대단한 공연을 보여줬기 때문이었다.

하지만 지금 이 순간, 누구보다 큰 소리로 박수를 치는 사람은 다름 아닌 정호였다.

가장 가슴을 졸이며 밀키웨이 멤버들과 호흡을 함께한 사람이 정호였으니깐.

그런 정호를 밀키웨이 멤버들이 발견했고 곧 밀키웨이 멤버들은 전부 당장 눈물을 터뜨릴 것 같은 표정을 지었다.

무대 위에서 얼마나 아찔했을까.

밀키웨이 멤버들을 보며 정호가 입을 열었다.

"어서 와라……. 어서 와……."

그러자 밀키웨이 멤버들이 정호에게 안겼다.

많은 사람들은 여전히 상황을 제대로 파악하지 못한 채 환호와 박수를 보내고 있었고 정호가 그 환호와 박수 소리를 들으며 말했다.

"걱정 마……. 너희는 완벽함을 뛰어넘는, 최고의 공연을 선보였어……."

시끄러운 주변의 소리 속에서도 정호의 말은 밀키웨이 멤버들에게 또렷하게 전달됐다.

밀키웨이 멤버들은 안심했다.

정호가 괜찮다면 괜찮은 거다.

그게 밀키웨이 멤버들의 생각이었다.

그래미 어워드의 밤이 저물고 있었다.

그리고 이제 최고의 공연에 대한 보상을 받을 차례였다.

23장. 월드 스타의 흔한 방송사고 대처법

아찔했던 사고 이후 그래미 어워드는 무사히 계속 진행
됐다.

밀키웨이 외에도 많은 가수와 팀들이 공연을 하며 그래
미 어워드라는 성대한 축제를 화려하게 수놓았다.

공연을 끝내고 돌아온 밀키웨이 멤버들은 그래미 어워드
의 공연을 정호와 함께 백스테이지에서 지켜봤다.

정호의 위로로 마음이 어느 정도 진정이 되긴 했지만 워
낙 아찔한 사고였던지라 바로 자리로 돌아가기에는 밀키웨
이 멤버들의 표정이 너무 굳어 있었다.

특히 사고의 당사자라고 할 수 있는 신유나의 표정이 유
난히 딱딱했다.

원래 평소에도 다소 뾰로통한 표정을 짓고 있는 신유나였기 때문에 더더욱 그렇게 보였다.

그런 까닭에 밀키웨이 멤버들은 그래미 어워드 내에서 유일하게 자신들에게 심적 안정을 줄 수 있는 정호의 곁에 잠시 머물기로 결정했다.

다행히 밀키웨이 멤버들은 완성도가 높은 훌륭한 무대를 구경하면서 마음이 편안해지는 듯했다.

특히 가장 굳었던 신유나의 표정이 가장 빨리 풀렸다.

이럴 때 보면 밀키웨이 멤버들은 영락없는 가수였다.

'훌륭한 무대를 보며 마음의 안정을 찾는다라…… 정말 가수 같네, 후후.'

결정적으로 잠깐 짬이 난 도날드 찬이 정호와 밀키웨이 멤버들이 있는 자리로 찾아오면서 밀키웨이 멤버들은 완전히 기운을 차릴 수 있었다.

"책임자로서 조금 더 제가 꼼꼼하게 무대를 챙겼어야 했는데 경솔했습니다……. 죄송합니다……."

리허설 때도 바빴던 도날드 찬이었다.

그런 도날드 찬이었으니 그래미 어워드의 본 공연이 시작되면서 더욱 바빠졌을 텐데 이렇게 찾아온 것을 보면 정말 미안하긴 했던 모양이었다.

상황이 상황인지라 사과에서 확실한 진심이 느껴졌다.

'어…… 흠…….'

정호는 웃으며 도날드 찬의 사과를 받아주려다가 한 걸음 물러섰다.

지금 도날드 찬의 사과를 받아줘야 할 사람들은 정호가 아니라 밀키웨이 멤버들이었기 때문이었다.

눈치 빠른 하수아가 밀키웨이 멤버들의 안색을 살피며 먼저 나섰다.

"괜찮아요⋯⋯. 사고로 아찔했던 것은 사실이지만 무대는 무사히 끝이 났고 관객들도 만족스러워했으니까요⋯⋯."

원래 밀키웨이 멤버들은 이런 일을 두고 짜증을 내거나 소위 말하는 '갑질'을 하는 인물들이 아니었다.

연예인들 중에는 그런 인물들이 없지 않았고, 오히려 그런 인물들이 많다고 해도 과언이 아니었지만 밀키웨이 멤버들만은 달랐다.

밀키웨이 멤버들은 실력만큼 인성까지도 완벽했다.

하수아의 말을 듣고 도날드 찬은 새삼 그런 사실을 다시 깨달으며 재차 고개를 숙였다.

"정말 죄송합니다⋯⋯."

진심을 다하는 도날드 찬의 행동에 밀키웨이 멤버들도 마음을 열었다.

유미지가 허리를 완전히 접은 도날드 찬의 몸을 일으키며 말했다.

"괜찮아요, 정말. 이러시지 않아도 돼요. 충분히 발생할 수 있는 일이잖아요."

과묵한 오서연도 도날드 찬을 향해 입을 열었다.

"이해합니다. 정말로."

하지만 밀키웨이 멤버들의 대답을 듣고도 도날드 찬의 표정은 여전히 굳어 있었다.

아직 사고의 당사자라고 할 수 있는 신유나의 사과를 듣지 못한 탓이었다.

딱히 어딘가를 다치거나 한 것은 아니었지만 아찔한 사고를 직접 몸으로 겪은 신유나였다.

노래를 부르는 사람이라면 누구나 한 번쯤은 서 보고 싶은 그래미 어워드라는 꿈의 무대에서 말이다.

그런 입장의 신유나였으니 끝내 사과가 받아들여지지 않을 수도 있다고 생각하는 도날드 찬이었다.

'역시나…… 애초에 이런 실수를 하지 말았어야 했는데…….'

도날드 찬이 이렇게 생각하고 있는데 신유나가 망설이는 기색으로 도날드 찬에게 다가갔다.

"이런 사과를 받는 것이…… 익숙하지가 않아서 머뭇거렸네요……. 다른 멤버들처럼 저도 괜찮습니다. 오히려 이번 일이 밀키웨이라는 걸 그룹이 얼마나 팀워크가 뛰어나고 실력이 출중한지 알릴 수 있는 계기가 될 거라고 생각해요. 그러니깐…… 그렇게까지 마음 쓰지 않으셔도 돼요."

사고를 당한 당사자임에도 불구하고 실수를 한 책임자에

매니지먼트의 제왕6

게까지 따뜻한 말을 건네는 신유나를 보며 도날드 찬은 진심으로 감동할 수밖에 없었다.

'사고가 벌어진 이후에도 완벽한 팀워크를 보인 이유가 여기에 있었나……. 누구 한 사람도 빠짐없이 이렇게 고운 인성을 가졌다니…….'

그렇게 도날드 찬이 속으로 놀라고 있을 때 정호가 도날드 찬의 어깨를 짚으며 말했다.

"다행히 밀키웨이 멤버들은 정말 괜찮은 거 같습니다. 그러니 무대 감독님도 마음 쓰지 마십시오. 오히려 이런 훌륭한 무대에 설 수 있게 해주셔서 저희가 감사할 따름입니다."

감동을 받느라 멍하니 서 있는 도날드 찬은 정호의 말까지 들으니 가슴이 욱신거리는 듯했다.

책임자로서 이 일에 막중한 죄책감을 느끼던 도날드 찬이었기 때문에 더더욱 그랬다.

솔직히 이 자리에 오면서 뺨이라도 맞을 각오로 온 것은 도날드 찬의 솔직한 심정이었다.

세계적인 스타라고 해서 보통의 사람들과 인성이 다른 것은 아니었으니깐.

'그런데…… 내가 위로받는 처지라니…….'

도날드 찬이 또다시 고개를 숙였다.

이런 가수들에게는 더욱더 진심을 다하고 싶은 것이 도날드 찬의 마음이었다.

"다시 한 번 죄송합니다. 그리고…… 사과를 받아주셔서 정말 감사합니다."

◇ ◆ ◇

사과와 위로가 해프닝처럼 오고가고 그래미 어워드가 끝 무렵에 이르렀다.

이제 그래미 어워드의 핵심이라고 할 수 있는 올해의 레코드상, 올해의 음악상, 올해의 앨범상의 발표만이 남은 상태였다.

그때쯤 어느새 마음을 전부 추스르고 밀키웨이 멤버들이 원래의 자리로 돌아왔다.

한쪽 화면에는 닉 리먼드와 대화를 나누는 밀키웨이 멤버들이 잡히고 있었다.

닉 리먼드가 과장된 제스처로 밀키웨이의 〈러닝〉의 안무를 흉내 내는 걸 보니 듣지 않아도 무슨 대화를 하고 있는지 알 수 있었다.

제이미 존슨도 같은 생각을 하고 있는지 말했다.

"닉이 신났군요. 아마 아까의 위기 대처가 얼마나 대단했는지 밀키웨이 멤버들을 칭찬하고 있는 모양입니다."

정호가 동의했다.

"누가 봐도 그런 모습이네요."

그때 대망의 올해의 앨범상 발표가 마침내 시작됐다.

작년 올해의 앨범상을 받은 아딜이 무대 위에서 이번 수상자를 발표하고 있었다.

"대망의 올해의 앨범상입니다……. 이 친구들이군요. 저도 오늘 이 친구들을 처음 만났는데 아주 유쾌한 사람들이었습니다. 특히 그래미 어워드의 특별 공연에서 말도 안 되는 실력과 위기 대처 능력을 보여줬죠. 그들은 프로 중의 프로입니다. 앞으로도 자주 교류하고 싶네요."

밀키웨이의 특별 공연이 사고였는지 모르는 관객들은 아딜의 말에 '위기 대처 능력?' 하고 물음표를 띄우고 있었다.

한편 사고라는 사실을 이미 깨닫고 있는, 눈 밝고 귀 밝은 관객들은 이미 올해의 앨범상 수상자가 누군지 깨닫고 '아……!' 하고 느낌표를 띄우는 중이었다.

"사설이 길었네요. 발표하겠습니다. 이번 올해의 앨범상 수상자는 이 시대의 진정한 은하수, 밀키웨이의 〈퍼스트 어게인〉입니다!"

발표와 함께 엄청난 탄성이 튀어나왔다.

흔히 메이저 레이블을 위한 축제라고 불리는 그래미 어워드에서는 흔하지 않은 아시아인의 올해의 앨범상 수상이었고, 한국인으로서는 최초의 영광이었다.

엄청난 탄성이 전혀 이상하지 않은 상황이었다.

하지만 정작 밀키웨이 멤버들은 닉 리먼드의 장황한 칭찬을 듣느라 수상 발표를 듣지 못했다.

주변 반응에 어리둥절해하던 밀키웨이 멤버들은 닉 리먼드가 전광판에 큼지막하게 적힌 "올해의 앨범상, 밀키웨이 〈퍼스트 어게인〉."라는 글자를 손으로 가리키자 뒤늦게 감격했다.

정호는 그 모습을 보자 너무나 기뻤고 동시에 왠지 눈물이 날 것 같았다.

양손으로 입을 가린 채 벌써 눈물이 터져 버린 유미지.

여전히 어리둥절한 듯 주변을 둘러보고 있는 신유나.

자리에서 방방 뛰며 기뻐하고 있는 하수아.

상황을 파악한 뒤 번쩍 만세를 부르고 있는 오서연.

밀키웨이 멤버들의 모습이 눈에 담길수록 정호는 정말 행복하다는 생각이 들었다.

'밀키웨이 멤버들이 드디어 대한민국과 아시아를 넘어서 드디어 세계의 은하수가 됐구나. 장하다……. 정말 장해…….'

정호가 이런 생각을 하고 있을 때 밀키웨이 멤버들의 등을 닉 리먼드가 떠밀었고 밀키웨이 멤버들이 다시금 무대 위로 올라갔다.

소감을 말하기 위해 리더인 유미지가 마이크 앞에 섰지만 눈물을 흘리느라 멘트를 하지 못했다.

아딜이 마이크를 잡고 밀키웨이 멤버들을 도왔다.

"우리의 리더가 너무 기뻐서 눈물이 멈추질 않네요. 저도 저 기분을 알죠. 실제로는 눈물을 흘리진 않았지만 마음으로 몇 번이나 울었거든요."

아딜의 재치에 관객들이 웃음을 터뜨렸다.

"리더 대신에 누군가가 소감을 대신해야 할 텐데 누가 도와주시겠어요?"

하수아, 신유나, 오서연이 서로 상의하는가 싶더니 뜻밖에도 오서연이 마이크를 잡았다.

가장 말을 잘하는 하수아가 아닌 유미지와 함께 팀에서 가장 언니인 많은 오서연이 선택된 모양이었다.

"아아. 마이크 테스트. 마이크 테스트. 쇼 미 더 패닉 때 준우승을 했기 때문에 이렇게 제가 수상 소감이 할 일이 이제는 생기지 않을 것 같았는데 지금 마이크를 잡았네요. 어…… 뭐라고 하지? 음…… 우선 무척이나 기쁩니다. 이렇게 기쁜 날에는 샴페인을 취할 때까지 삼 주간 위 속에 때려 부어야 하는데 당장 그러지 못하는 게 아쉬울…… (뭐, 수아야? 술 얘긴 하지 말라고? 알았어.) 정도로 기쁘네요, 하하하. 이렇게 되기까지 많은 사람들의 도움을 받았습니다. 늘 힘이 돼 주는 유니버스 우리의 팬들, 언제나 소중한 저희의 가족들, 청월의 많은 스태프들, 직원들, 한유현 작곡가님, 닉 리먼드, 제이미 존슨…… 모두가 저희를 하늘의 보드카처럼…… (알았다니깐.) 아니, 은하수처럼 빛날 수 있게 해주신 분들이었습니다. 특히 누구보다도 우리의 오 이사님, 감사합니다! 오정호! 리스펙! 알러뷰! 당신이 있어서 우리가 제대로 음악에 취할 수 있었어요! (이건 술 얘기 아니었어! 음악 얘기였어!)"

멀쩡한 척을 한다고 했지만 결국 멀쩡해하지 않게 마무리된 오서연의 수상 소감이었다.

특히 하수아와의 대화가 마이크를 타고 전 세계에 방송됐다.

제이미 존슨 하하하 웃으며 말했다.

"서연 양답습니다. 서연 양다워요. 하하하."

정호가 살짝 볼 위로 흐르는 눈물을 몰래 닦으며 대답했다.

"저게 우리 서연이의 매력이긴 하죠."

결국 오서연이 이상하게 꼬아버린 수상 소감을 마무리짓기 위해 하수아가 마이크를 잡아서 수상 소감을 다시 정리했다.

물론 이때에도 빠지기 않고 정호의 이름이 언급됐다.

"……끝으로 우리 오 이사님! 파이팅! 감사해요!"

심지어 유미지조차도 "흑흑. 나도 오 이사님한테 감사하다고 할래."라고 말하는 게 마이크에 들어갈 정도였다.

뿐만 아니라 신유나는 아예 대놓고 무대에서 내려가기 전에 마이크에 대고 "감사합니다, 오 이사님." 하고 정중하게 인사까지 했으니 말을 다한 셈이었다.

정호를 누구보다도 존경하고 사랑하는 밀키웨이 멤버들의 마음이 느껴지는 행동이었다.

밀키웨이의 올해의 앨범상 수상 소식은 실시간으로 한국에 전해졌다.

그래미 어워드를 생방송한 케이블 방송사가 있을 정도니 수상 소식이 전해지는 건 정말 순식간이었다.

　하지만 밀키웨이의 올해의 앨범상 수상 소식보다 정말 뜨겁게 화제에 오른 건 사실 다른 것이었다.

　그것은 바로 급작스럽게 퍼지기 시작한 '월드 스타의 흔한 방송사고 대처법'이라는 영상이었다.

24장. 두 회사와 손을 잡아서라도

화제가 될 거라는 예상은 했다.

하지만 이런 식으로 영상까지 유포될 줄은 솔직히 생각하지 못했다.

게다가 영상은 빠르게 입소문을 타고 있었다.

정호가 영상을 확인하며 생각했다.

'뭐야. 유터보 조회수는 또 왜 이렇게 높아? 이 속도라면……'

그때 홍보팀 권 팀장에게서 연락이 왔다.

"오 이사님~ 밀키웨이 영상 새로 올라왔는데 확인하셨어요? 어쩜 밀키웨이는 뭐만 하면 전부 홍보고 흥행이야, 호호호."

정호가 대답했다.

"그러게요……. 이렇게 될 거라고 생각하지 못했습니다."

"우리 점쟁이 문어 오 이사님이 정말 생각하지 못했을까~? 어쨌든 이 속도라면 〈러닝〉의 뮤직비디오의 조회수도 훌쩍 뛰어넘겠던데요?"

정호도 방금 생각한 부분이었다.

조회수 늘어나는 추세가 공을 들여서 제작한 〈러닝〉의 뮤직비디오보다도 빨랐다.

늦어도 한 달, 빠르다면 2주일 안으로 〈러닝〉의 뮤직비디오 조회수 기록을 뛰어넘을 것 같았다.

'후……'

정호가 권 팀장에게 솔직한 심정을 털어났다.

"〈러닝〉의 뮤직비디오로 이 정도의 조회수를 만들기 위해 그토록 노력했는데 '월드 스타의 흔한 방송사고 대처법'이라는 영상이 이처럼 입소문을 타다니 조금 허탈하기도 하네요……."

"호호호. 그런 게 연예계잖아요, 연예계. 하지만 〈러닝〉의 뮤직비디오가 있었으니까 밀키웨이가 이 정도로 성장하고 방송사고 대처 영상 하나로 세상을 들썩이게 하는 거 아니겠어요? 스스로의 업적과 공을 낮추지는 말아요, 오 이사님."

격려를 위한 말이겠지만 권 팀장의 말이 맞았다.

앞서 〈러닝〉의 뮤직비디오로 닉 리먼드와 연결되지 않았다면 밀키웨이는 이 속도로 월드 스타가 되지 못했을 것이다.

'그렇다면 월드 스타의 흔한 방송사고 대처법이라는 영상도 탄생하지 않았겠지.'

정호는 이런 생각을 하며 권 팀장에게 감사를 표했다.

이전 시간의 나이와 경력을 따진다면 정호가 더 베테랑이고 더 인생 선배이겠지만 어쨌든 자신 못지않은 베테랑이자 인생 선배에게 도움을 받는 것은 언제나 좋은 일이었다.

아무리 나이가 많고 경력이 많아도, 아주 중요한 부분을 가끔 놓치기도 하는 게 삶이었으니깐.

"격려 감사합니다. 덕분에 힘이 나네요. 어쨌든 밀키웨이나 저한테 모두 좋은 일인데 괜한 생각을 한 거 같아요."

"호호호. 그럴 수도 있지~ 이럴 때 보면 오 이사님도 '사람' 처럼 보인다니깐. 그럼 수고해요. 이와 관련해서 추가적으로 할 일이 있으면 전화해 주시고요."

'사람' 처럼 보인다는 말에 정호가 실소를 흘리며 대답했다.

"네, 그렇게 하겠습니다."

◇ ◆ ◇

　권 팀장과의 통화를 끝마친 정호는 기분 좋게 온라인상의 반응을 살폈다.

　그 결과, 이번 그래미 어워드를 통해서 높아진 밀키웨이의 위상을 확인할 수 있었다.

　[올해의 앨범상…… 헐?]

　[ㅋㅋㅋㅋㅋ결국 밀키웨이가 하다하다 올해의 앨범상을 받는구나ㅋㅋㅋㅋ 나는 후보에 오른 것만 해도 대단하다고 생각했는데ㅋㅋㅋㅋㅋ]

　[후보에 올라 그래미 어워드라는 큰 무대에서 특별 공연을 하는 것만으로 이미 입 밖으로 "와…… 말도 안 돼." 소리가 나왔었음ㅇㅇ]

　[솔직히 이건 국뽕을 빼더라도 벌써 대단한 사건임ㅋㅋㅋㅋㅋ 게다가 방송사고 대처 능력도 갑bb]

　[밀키웨이의 위엄ㅎㅎㅎ 방송사고 대처 영상은 사랑입니다ㅎㅎㅎㅎㅎ]

　[이건 진짜 사건입니다! 정리해 보겠음ㅇㅇ 아시아인의 무덤이나 다름없는 그래미 어워드에서 한국인 최초로 밀키웨이가 올해의 앨범상 후보에 오름 -〉 심지어 특별 공연까지 두 곡이나 배정 -〉 첫 번째 곡의 가창력으로 전 세계 음악팬들이 소름 -〉 두 번째 곡에서 원자폭탄급 익스플로전 방송사고가 터짐 -〉 그걸 아무렇지 않게 안무를 바꾸는

277

방식으로 최고의 공연으로 만듦 -> 그런 뒤 아시아 최초로 올해의 앨범상 수상ㅋㅋㅋㅋㅋ 이게 현실에서 또 가능하다고 생각하시는 분?ㅋㅋㅋㅋ]

[ㄴㅋㅋㅋㅋㅋㅋ니가 뭔데 해설?ㅋㅋㅋ]

[외국에서는 이런 스토리는 늘 있었고 이런 일도 언젠가 벌어질 일이라고 생각하지만…… 이런 수준의 방송사고 대처는 다시는 나오지 않을 거라고 봅니다ㅎㅎㅎ]

[축구에서도 이런 대처 능력이 나오려면 메시, 호날두, 마라도나, 펠레가 한 팀에서 뛰어야 할 듯ㄷㄷㄷ]

[ㅋㅋㅋㅋ윗분 말에 동감ㅋㅋㅋㅋㅋ 진짜 밀키웨이 멤버들은 하나하나가 이 대중음악 시장에서 메시고, 호날두고, 마라도나고, 펠레임ㅋㅋㅋㅋ]

[근데 우리 호우형이 메시보다 나은 거 인정?ㅇㅇ]

[메시고, 호날두고, 마라도나고, 펠레를 만들어낸 스타 매니저 오정호는 도대체 뭘까요?ㅋㅋ 퍼거슨?ㅋㅋㅋㅋ 밀키웨이 멤버들이 다들 오정호한테 감사하다고 말하던데ㅋ ㅋㅋㅋ]

[여기서 퍼거슨이 왜 나오냐ㅋㅋㅋㅋ 축알못아ㅋㅋㅋㅋ ㅋ 퍼거슨이 실제로 키운 건 호날두 정도뿐인데ㅋㅋㅋㅋ]

[오정호는 그거임…… 문화왕ㅋㅋㅋㅋㅋㅋㅋㅋ]

[맞아ㅋㅋㅋㅋ 오정호는 그냥 문화왕ㅋㅋㅋㅋㅋㅋㅋ]

[여기서 매니저 얘기가 왜 나오냐…… 어쨌든ㅋㅋㅋ 나는 이제 밀키웨이가 진정한 의미의 월드 스타라고 생각함

ㅋㅋㅋㅋ 뭔가 이번 일을 계기로 국뽕 월드 스타랑은 클라스가 다르다는 걸 보여줬음ㅋㅋㅋㅋ]

[레알 인정……! 진짜 대한민국에서 이 정도 수준의 월드 스타가 나올 수 있구나……!]

[밀키웨이는 사랑입니다~]

[너무 수고했어! 미지, 서연이, 수아, 유나~ 사랑해~]

[그래미 어워드에서 이름 불리고 신난 유니버스의 등판이구만ㅋㅋㅋㅋㅋㅋ]

[유니버스ㅋㅋㅋㅋㅋ 또 시작이다ㅋㅋㅋㅋ]

[그래도 유니버스는 저러고 마니깐 마음이 편함ㅋㅋㅋㅋ]

[맞아ㅋㅋㅋㅋ 유니버스는 밀키웨이 클라스에 비하면 진짜 팬덤치고 양반들이지ㅋㅋㅋㅋ]

[ㅋㅋㅋ솔직히 우리나라 사람들이 전부 유니버스인 거 아니냐?ㅋㅋㅋ 나는 우리나라 사람치고 밀키웨이 싫어하는 사람 못 봤다ㅋㅋㅋㅋ]

[그건 사실…… 우리 엄마도 밀키웨이는 알고 심지어 좋아하심ㅎㅎㅎㅎ]

[엄마가 뭐냐ㅋㅋㅋ 우리 할머니는 양로원이나 편의점 가실 때 밀키웨이 노래 크게 틀어놓고 외출하시는데ㅋㅋㅋㅋㅋ]

[유니버스의 대한민국 국민 연가시화ㅋㅋㅋㅋ]

온라인상의 반응을 보며 정호는 확실할 수 있었다.

이제 더는 밀키웨이의 행보를 막을 사람이 없다는 것을.

밀키웨이는 대한민국을 넘어 세계의 스타였고 그 사실을 누구 한 사람 빠짐없이 인정하고 있었다.

그래미 어워드의 '올해의 앨범상'이 밀키웨이에게 그런 위상을 부여했다.

뿐만 아니라 밀키웨이가 대처해 낸 방송사고는 밀키웨의 위엄을 한층 강화시켰다.

'외국인들의 반응도 마찬가지다. 빠르게 현 상황을 파악하기 위해 외국인들의 댓글은 읽지 않고 넘어갔지만, 한눈에 봐도 유터보 영상 밑에는 한국인들의 댓글만큼이나 세계 각국의 언어로 적힌 외국인들의 댓글들이 달려 있다!'

정호는 슬쩍 영어로 적힌 댓글들을 읽어봤다.

역시나 예상대로 한국인들의 댓글과 다르지 않게 영어로 적힌 댓글들도 밀키웨이가 올해의 앨범상을 받은 것에 대한 축하와 밀키웨이의 대단함에 대해서 말하고 있었다.

'다른 외국인들도 비슷할 거다.'

정호가 전 세계의 언어를 전부 아는 게 아니기 때문에 지금 그것을 확인할 수 없었지만, 홍보팀이 곧 댓글들을 전부 번역하여 정호에게 보고를 올릴 것이었다.

그때 확인해 보면 추측은 확신이 될 것이 분명했다.

'밀키웨이는 이제 청월의 세계적인 간판스타이다! 이 위상을 활용하여 청월이 더 높은 곳으로 올라갈 필요가 있겠어!'

정호는 청월의 성장을 재차 다짐했다.

밀키웨이라는 월드 스타를 담으려면 청월이라는 그릇도 더 크게 성장할 필요가 있었다.

◇ ◆ ◇

대한민국이 밀키웨이의 '올해의 앨범상' 수상으로 감탄과 환호로 떠들썩할 때 분위기가 착 가라앉은 곳이 하나 있었다.

그곳은 바로 얼마 전까지 큐, 힛과 함께 '3대 소속사'로 분류되던 아라 엔터테인먼트의 임원진 회의실이었다.

그곳에서 부장급으로 보이는 한 직원이 발표를 하고 있었다.

실무자들에게 있어서 부장이라는 직책은 대단한 직책이었지만 임원진 회의실에서는 말단 직원에 불과했다.

그런 까닭에 발표를 하고 있는 부장은 긴장을 하고 있었다.

특히 아라 엔터테인먼트의 자리를 위협하고 있는 '어느 소속사'에 대한 발표라서 그런지 긴장감은 훨씬 더 컸다.

그나마 다행이라면 억지로 떠맡은 이 발표가 거의 마무리되고 있다는 점이었다.

"…… '4대 소속사'라는 표현은 1년 전만 해도 청월 엔터테인먼트를 좋아하는 일부 팬들 사이에서만 통용되는 표현이었으나 그래미 어워드에서 밀키웨이가 소기의 성과를 거둠으로써 '4대 소속사'라는 표현은 기정사실화가 되었다고 해도 과언이 아닙니다……."

부장이 손수건을 이마의 땀을 훔쳤다.

'이제 마지막 멘트…….'

그렇게 부장이 마지막 멘트를 하려고 할 때였다.

지금껏 잠자코 듣고 있던 아라 엔터테인먼트의 대표, 최백문이 입을 열었다.

"흠……. 끝까지 참아보려고 했지만 도저히 그러지 못하겠군요. 결국 발표의 결론은 큐, 힛, 그리고 우리 아라가 삼분하던 연예계가 이제 '4대 소속사'로 불리고 있다는 거지요?"

부장의 말에 임원진 회의실이 싸늘해졌다.

그 싸늘함 속에서 부장이 다시금 이마의 땀을 손수건으로 훔치며 대꾸했다.

"네, 맞습니다. 단순히 4대 소속사라는 표현만 돌고 있는 게 아니라 최근의 행보가 4대 소속사라는 표현에 어울리고 있음을 증명하고 있습……."

하지만 부장은 끝까지 말을 잇지 못했다.

최 대표의 인상이 구겨질 대로 구겨진 것을 확인했기 때문이었다.

최 대표가 물었다.

"왜 계속 말하지 않죠?"

"아…… 죄, 죄송합니다……."

부장의 사과에 최 대표가 서늘한 웃음을 지으며 자리에서 일어났다.

그러자 최 대표의 거대한 풍채가 회의실을 압박했다.

최 대표가 일어선 채 입을 열었다.

"부장이 그렇게 죄송할 건 없어요. 지금 이 자리에 죄송하다고 말해야 할 사람은 다른 사람들입니다. 그렇죠, 여러분?"

최 대표의 말에 회의실에 침착함을 유지하기 위해 노력하며 앉아 있던 임원진들의 눈빛이 흔들렸다.

임원진들은 알았다.

최 대표는 어째서 청월 엔터테인먼트가 이렇게 성장할 때까지 막지 못했는지 묻고 있다는 것을.

최 대표와 눈이 마주친 임원진 하나가 입을 열었다.

"죄송합니다."

하필 그 임원진은 영업&개발 이사, 연대용이었다.

말이 좋아 영업 및 개발이지 실질적으로 물밑에서 다른 소속사들과의 머리싸움을 벌이는 사람이 바로 영업&개발 이사의 직함을 달고 있는 연 이사였다.

그런 연 이사에게 서늘한 웃음을 유지하며 최 대표가 말했다.

"제가 도저히 이해할 수 없는 것은…… 청월이라는 허섭

스레기가 이렇게까지 성장하는 동안 우리 아라가 손을 놓고 있었다는 겁니다. 방금 발표 내용에 따르면 가수 쪽은 청월에게 도저히 이길 수 없다는 것 같은데…… 내 눈과 귀가 잘못되지 않았겠지요?"

최 대표의 말에 영업&개발을 맡고 있는 연 이사가 대답했다.

"네네, 밀키웨이도 밀키웨이지만 보이 그룹인 타이탄의 기세 또한 대단하기 때문에 사실상 당사를 비롯한 큐와 힛은 청월의 뒤꽁무니를 쫓는 입장이 되었습니다."

최 대표가 결국 참지 못하고 책상을 강하게 쾅 하고 두드렸다.

프로레슬러 수준의 풍채를 가지고 있는 최 대표였기 때문에 그 손짓 하나로 회의실이 흔들리는 듯한 착각이 일었다.

"그게 연 이사 입에서 나올 소리입니까? 그게 연 이사가 할 소리예요?"

"죄, 죄송합니다……."

"죄송할 시간에 방법을 찾아야 할 거 아니에요, 방법을!"

"죄, 죄송합니다……."

"하…… 씨발……."

결국 욕까지 입 밖으로 뱉은 최 대표가 자리에 털썩 앉으며 옷매무새를 가다듬었다.

"일주일 주겠습니다. 3대 소속사 사이에 끼어들겠다고 나대는 저 허섭스레기를 쫓아내기 위한 방법을 찾아오세요. 큐와 힛, 두 회사와 손을 잡아서라도."

월드 스타로 훌쩍 커버린 밀키웨이.

정호는 청월을 그런 밀키웨이에 어울리는 회사로 만들 생각이었다.

나아가 밀키웨이만이 아니라 어떤 월드 스타라도 안심하고 본인들의 미래를 맡길 수 있는 세계적인 기업으로 청월을 발돋움시킬 생각이었다.

'밀키웨이의 존재로 적어도 걸 그룹이라는 부분에서는 두려울 것이 없다……. 청월은 이 부분에서 이미 선두 주자를 제쳤음은 물론이고 후발 주자를 향해 두터운 진입 장벽을 쳤다고 해도 과언이 아니야…….'

물론 밀키웨이도 나이가 들 것이다.

그렇다면 지금처럼 '걸 그룹'이라는 이름으로 가요계를 씹어 먹는 것은 쉽지 않을 게 분명했다.

하지만 밀키웨이는 밀키웨이였다.

정호가 오랜 시간 공을 들인 만큼 밀키웨이는 어느 시대에서라도 밀키웨이만의 빛을 낼 것이라고 확신했다.

또한 밀키웨이는 청월의 후배들에게 '걸 그룹'이라는 위상을 심어줄 가능성이 높았다.

'월드 스타로 인정받은 밀키웨이의 위상은 한 시대로 끝이 나지 않을 것이다. 밀키웨이의 존재 덕분에 청월의 다른 걸 그룹들도 언제나 굉장한 스포트라이트를 받겠지.'

그때도 정호는 미끄러지지 않을 자신이 있었다.

쉽지는 않겠지만 밀키웨이의 후배들에게도 밀키웨이만큼의 위상을 심어줄 수 있음을 추호도 의심하지 않았다.

'어쨌든 걸 그룹이라는 부분은 이것으로 완벽하다. 청월은 이제 상대적으로 부족한 다른 약점을 메워야 해.'

지금까지 청월은 순조롭게 성장했다.

걸 그룹뿐만이 아니라 4대 소속사라는 분류에 소속될 만큼 다른 부분에서도 어느 정도 두각을 나타낸 것이 사실이었다.

하지만 걸 그룹이라는 부분을 빼고 봤을 때 크게 세 가지 부분에서 아직 청월은 아라, 힛, 큐와 같은 다른 4대 소속사에 비해 부족한 것이 사실이었다.

1. 보이 그룹.

우선 가요계로 한정해 놓고 봤을 때 청월의 가장 부족한 점은 보이 그룹이었다.

대한민국에 밴드 열풍을 불러일으킨 블루 도넛이나 힙합 쪽으로 꾸준한 성과를 내고 있는 정문복과 아웃라이더가 있긴 했지만, 기본적으로 대한민국 가요계는 아이돌 위주의 시장이었다.

뿐만 아니라 아시아 시장 역시 아이돌 위주의 시장이 형성돼 있었다.

이러한 아시아 시장을 공략하는 것이 대한민국을 중심으로 활동하는 소속사의 중요한 기반이었다.

'아이돌 그룹으로 한국에서 성장하여 아시아에 기반에서 잡고 세계의 무대를 공략하는 게 한국형 아이돌이 살아남는 유일한 방법이다.'

한 사람의 가수가 월드 스타로 성장하는 방법.

그 방법에는 미국 같은 곳에 지사를 세워 세계 시장을 바로 공략하는 방법도 고려할 수 있을 것이다.

하지만 이 방법은 현실적으로 불가능했다.

국가마다 시장을 형성하고 있는 방식이 달랐기 때문이었다.

핵심은 기반이었다.

한 사람을 스타로 띄우려면 어느 정도의 인프라와 기반이 있어야 하는 법인데 다른 시장에서는 그 기반부터 세워야 했다.

그건 한 사람의 가수를 세계적인 스타로 만들려면 필연적으로 한세월이 걸린다는 뜻이었다.

결국 한국 가수가 월드 스타가 되는 가장 안정적이면서도 빠른 방법은 아이돌로 데뷔하여 '한국 -> 아시아 -> 세계'의 스텝을 밟아 종국에는 솔로 가수로 인정을 받는 것이었다.

'그 예시가 바로 유나지. 유나는 이제 밀키웨이의 성장과 더불어 확실한 세계적인 솔로 가수로 자리를 잡게 될 것이다. 실제로 지금도 닉 리먼드 못지않은 인기를 누리고 있고.'

하지만 아쉽게도 청월에는 이런 과정을 밟으리라 기대할 만한 보이 그룹이 없었다.

타이탄이 여전히 좋은 성장세를 보이고 있지만 밀키웨이와 비교하기에는 부족한 점이 많았다.

또한 그렇다고 해서 블루 도넛이나 정문복, 아웃라이더를 키우는 것은 사실상 불가능에 가까운 일이었다.

가장 가능성이 높은 게 블루 도넛인데 실제 블루 도넛은 아시아에서도 간신히 힘을 쓰고 있는 상황이었다.

'그나마 다행인 점은 이 부족함을 해결할 만한 몇 가지

방법이 머릿속에 떠오른다는 것이다. 문제는 이런 방법을 현실화시키기에는 시간이 필요하다는 거야.'

정호는 우선 '보이 그룹의 세계화 전략'에 대한 건은 뒤로 미루기로 했다.

회사 차원에서 다양한 부분을 고려하여 최선의 전략을 선정할 필요가 있었다.

2. 영화.

보이 그룹 부분에 비하면 영화 쪽은 그나마 사정이 나았다.

강여운을 필두로 지혜른, 박태석이 자리를 잡고 있는 청월의 배우진이 만만찮았기 때문이었다.

뿐만 아니라 드라마 쪽에서 한정적으로 활약을 하고 있는 조준환, 백민후, 차수준 같은 배우들도 언제든 영화 쪽으로 넘어와 활약을 할 수 있었다.

다만 아직 이 배우들이 모두 영화계의 그래미 어워드라고 할 수 있는 아카데미에서 수상할 만한 수준의 배우가 아니라는 점을 짚고 넘어가지 않을 수 없었다.

〈라스트 위크〉를 통해 전 세계적으로 이름을 알린 강여운이 있었지만 확실한 건 강여운 또한 〈라스트 위크〉의 주연 배우가 아니었다.

게다가 〈라스크 위크〉는 흥행 성적에 비해 아카데미에서 좋은 실적을 거두지 못했다.

'현재 여운이가 대한민국 최고의 배우인 것만은 확실하다. 그러나 후발 주자에 대한 진입 장벽이 너무 낮아. 호시탐탐 강여운의 자리를 노리는 배우들도 많고.'

방법은 하나였다.

강여운을 비롯한 청월의 배우들로 세계적인 흥행 성적을 내는 것이었다.

안타깝게도 청월은 아직 다른 소속사들이 넘보지 못할 만한 성적을 낸 적이 없는 상황이었다.

세계는커녕 대한민국만 봐도 그랬다.

오히려 대한민국에서 그런 기록에 근접한 것은 영화 사업을 꽉 잡고 있다고 볼 수 있는 큐 엔터테인트였다.

'역대 영화 누적 관객수 순위에서 완벽하게 밀리고 있지.'

큐 엔터테인먼트의 간판 배우 임호재가 주연으로 발탁돼 활약한 〈프랙티션(practician)〉이 누적 관객수 1,300만으로 역대 영화 누적 관객수 3위에 랭크돼 있었다.

1위는 1,700만으로 메세나의 최민석이 출연한 〈한산도〉였고 2위는 1,400만으로 케스타의 송강재가 출연한 〈깡통시장〉이었다.

청월에서 개봉한 영화 중 누적 관객수가 가장 높은 것은 〈라스트 위크〉와 〈추격의 도시〉였는데 두 작품은 각각 1,200만과 1,100만으로 8위와 10위에 랭크돼 있었다.

이것은 사실상 4대 소속사치고는 영화 쪽에서 큰 강세를 보이지 못하는 아라나 힛보다도 낮은 순위였다.

물론 그렇다고 해서 비관적인 상황만은 아니었다.

'태준이가 대표로 있는 뉴 아트 필름이 〈추격의 도시〉의 성공 이후로 꾸준히 성장하고 있고 여운이에 대한 20세기 폭시사의 관심도 유지가 되는 상황이다. 적극적으로 나서서 기회를 잡는다면 분명 좋은 결과가 나올 거야.'

성과도 꽤 있었다.

최근 20세기 폭시사와 투자하여 강여운이 주연으로 출연한 영화가 있었다.

〈포리너(foreigner)〉라는 영화였는데 세계적인 흥행에 성공하지 못했지만 그렇다고 완벽한 실패를 했다고 보기에도 어려웠다.

애초에 상업성보다는 미국에서 성공의 꿈을 꾸고 상경한 한국 여성의 어려움을 그리는 데 초점을 맞췄기 때문이었다.

강여운은 이 영화를 통해 할리우드급 주연 배우로서의 가능성을 보여줬으며 할리우드에서도 통하는 감정 연기가 가능하다는 것을 증명했다.

'분명 여운이는 〈포리너〉를 발판으로 다음 영화에서 더 큰 역할을 맡을 것이다. 또 성공할 거야.'

걱정되는 부분이 없지 않았지만 믿을 만한 카드가 있는 이상 불안함에 떨 필요가 없었다.

들어오는 시나리오를 잘 골라 세계무대에 선보이면 되는 일이었다.

3. 드라마.

마지막으로 청월의 부족한 세 가지 중 하나라고 할 수 있는 드라마의 차례였다.

드라마는 '작가놀음' 이라는 말이 있다.

그만큼 드라마에서 중요한 요소는 다름 아닌 '작가' 였다.

청월은 그런 점에서 유리한 편이었다.

대한민국 최고의 드라마 작가라고 할 수 있는 채 작가와 긴밀하게 연결이 되어 있었기 때문이었다.

작품을 쓰기만 하면 대박을 치는 채 작가였다.

기사나 댓글 등에서 '채 작가 시대' 라는 말도 심심치 않게 발견할 수 있었다.

하지만 아쉽게도 '채 작가 시대' 를 '채 작가의 독점 시대' 라고 지칭할 수는 없었다.

'채 작가님이 있는 이상 드라마계에서의 성공은 무조건적으로 보장되는 것이나 다름없다. 내가 알고 있는 미래에 대한 정보도 아직까지 유효하고. 다만 문제는 방송국에 편성된 드라마가 너무 많다는 것이다.'

작년에 방송된 드라마 개수가 약 120개 정도였다.

이에 반해 채 작가가 한 해에 발표하는 드라마는 적으면 한 편, 많으면 두 편에 불과했다.

다시 말해서 약 118개의 드라마가 다른 작가의 손에서 만들어진다는 뜻이었다.

'이 드라마 작가 중 어느 누구라도 채 작가와 붙으면 필패를 당하기 마련이다. 하지만 신인이 아니라면 굳이 채 작가 같은 거물이랑 붙을 이유가 없지. 그런 작가들이 실제로 나쁘지 않은 성적을 내고 있고.'

결국 최고의 드라마 작가는 채 작가지만 채 작가에 못지않은 작가들이 다수 포진된 상황이라고 할 수 있었다.

실제로 채 작가의 드라마 외에도, 20퍼센트대의 시청률(케이블 기준 10퍼센트 정도)을 내는 드라마들이 한 해에도 몇 작품씩 등장하곤 했다.

단지 그 드라마의 작가들은 채 작가 수준의 지속력을 가지지 못할 뿐이었다.

'채 작가 외에 채 작가만큼의 시청률을 낼 가능성이 있는 사람은 현재 네 명 정도다. 뿐만 아니라 지금 보조 작가로 공부를 하고 있는 드라마 작가들도 언제든 입봉해서 좋은 드라마를 쓸 수 있어.'

보조 작가는 정호가 고려하고 있는 또 다른 위험 요소였다.

과거 빌게이츠는 이런 비슷한 말을 한 적 있었다.

눈에 보이는 경쟁자는 모든 대비가 다 되어 있어 두렵지 않은데, 과거의 자신과 같이 이 시간에도 자신의 차고에서 뭔가를 만지작거리고 있을 어떤 청년이 무섭다고.

120개의 편성이라는 게 무서운 점이 여기에 있었다.

'언제든 이런 일이 벌어질 수 있는 게 바로 드라마계니깐.

실제로 편성은 넘치는데 작품을 쓸 작가가 모자란 것이 드라마계의 현실이니깐.'

하지만 그렇다고 해서 벌써부터 겁먹을 필요는 없었다.

채 작가의 파워는 여전했고 채 작가를 데려간 정 대표의 회사 프롬 프로덕션의 성장세도 충분히 눈부셨기 때문이었다.

또 드라마계에서 활약할 배우들도 청월에는 무척이나 많았다.

'걸 그룹 부분 다음으로 청월이 가장 큰 강세를 보이는 것도 바로 이곳 드라마계니깐……'

◇ ◆ ◇

〈아라 엔터테인먼트 : 1위 드라마, 2위 보이 그룹, 3위 영화, 4위 걸 그룹.〉

〈힛 엔터테인먼트 : 1위 보이 그룹, 2위 영화, 3위 드라마, 4위 걸 그룹.〉

〈큐 엔터테인먼트 : 1위 영화, 2위 보이 그룹, 3위 드라마, 4위 걸 그룹.〉

〈청월 엔터테인먼트 : 1위 걸 그룹, 2위 드라마, 3위 영화, 4위 보이 그룹.〉

정호가 그렇게 빈종이 위에 4대 소속사의 강세 부분을 정리하며 어떤 부족한 점부터 채울지 고민하고 있었다.

'어디가 좋을까⋯⋯. 어디부터 손을 대볼까⋯⋯. 드라마? 아니면 영화?'

그때 정호의 스마트폰이 지이잉 하고 울렸다.

프롬 프로덕션의 정 대표였다.

"네, 전화 받았습니다."

"오 이사, 그 소식 들었어?"

급한 듯 다짜고짜 본론으로 들어가는 정 대표에게 정호가 대답했다.

"무슨 소식이요?"

"아라 엔터테인먼트 쪽의 움직임이 수상하더군. 지금 공격적으로 드라마 작가들을 영입하고 있어."

"드라마 작가들을요?"

의도치 않게 정호의 다음 일이 정해지는 순간이었다.

〈7권에 계속〉